KB021231

# 너와 나의 야자 시간

**일러두기**

- 국립국어원 표기 원칙에 따르되, 작가의 문학적 표현일 경우 그대로 표기하였습니다.
- 단행본, 정기 간행물, 신문의 제목은 『  』, 영화·방송 프로그램·노래 제목은 〈  〉로 묶어 표기하였습니다.
- 각 작품에 등장하는 인물들은 실제 이름을 쓰거나 내용과 상황에 따라 가명 혹은 알파벳 이니셜로 처리하였습니다.

그 오랜 밤의 이야기

# 너와 나의 야자 시간

김 조 전 최 서 장 장 황
달 우 성 지 윤 한 도 혜
님 리 배 혜 후 라 수 지

# 차 례

**김달님**

**아임 폴 인 러브 어게인** **007**

밤의 이야기: 비밀을 나누는 밤

**조우리**

**10년 후의 약속** **031**

밤의 이야기: 바다의 밤

**진성배**

**그 밤의 소리** **055**

밤의 이야기: 편지를 건네는 밤

**최지혜**

**불꽃놀이** **079**

밤의 이야기: 수학여행의 밤

**서윤우**

**계피색 꿈 101**

밤의 이야기: 많고 많은 밤의 목록

**장한라**

**스포일러 127**

밤의 이야기: 나를 배신하는 밤

**장도수**

**망가뜨리지 않고 사랑하는 법 153**

밤의 이야기: 온순한 일탈의 밤

**황혜지**

**너의 밤이 머무르는 곳 185**

밤의 이야기: 라디오를 듣는 밤

**임나운**

**새까만 밤하늘 짙은 푸른색 212**

그림 작가의 말

✦

어둑한 밤길을 걸어가다 노란 가로등 불빛을 볼 때,
운동장에서 반짝이던 색색의 등이 떠오를 때가 있다.
그 불빛이 반가워 10대의 밤들을 천천히 더듬어 가 보면,
소리로 남아 있는 야자 시간의 분위기와 함께
그 애의 이름을 생각하는 내가 교실에 앉아 있다.

# 아임 풀 인 러브 어게인

김달님

김달님

사계절 중 여름을 가장 좋아한다. 밤이 느리게 오는,
낮이 가장 긴 계절이기 때문이다. 하지만 교복을 입은 시절에는 밤을 더 좋아했다.
그 밤에 자주 생각했던 이름들은 대부분 다시 불러 볼 수 없지만,
여전히 작고 환한 빛으로 남아 있다. 어두운 방, 잠든 사람들 몰래 켜 두었던
하늘색 스탠드 불빛처럼. 세 권의 산문집 『우리는 비슷한 얼굴을 하고서』
『작별 인사는 아직이에요』 『나의 두 사람』을 썼다.

명우.

언젠가 한 친구와 가까워질 무렵, 그가 오래 만난 연인의 이름을 명우라고 알려 주었을 때 머리 위로 빗방울 하나가 떨어진 것 같았다. 잊은 줄도 모르게 잊고 살던 사람과 같은 이름이어서였다. 15년이 넘는 시간이 흘러 이제는 얼굴도 잘 떠오르지 않지만, 한 시절 자주 불러 봐서 그런지 이름만은 선명하게 남아 있는 사람. 명우는 오래전 내가 좋아한 적 있는 이름이었다.

고등학교 2학년이 된 2005년. 한 번의 겨울 방학이 지났을 뿐인데 교실에는 새 학기의 술렁임과는 다른 긴장감이 흘렀다.

담임은 이제부터 고3까지 1년만 남은 거라고, 이번 한 해가 우리에게 가장 중요한 시기임을 잊지 말라고 말했다. 덕분에 야간 자율 학습의 타율성은 더욱 심해져 저녁 일곱 시부터 열 시까지 30명의 아이들이 꼼짝없이 교실에 남아 문제지를 풀었다. 학원도, 과외도 허용되지 않는 학교였기 때문에 예체능 쪽으로 진로를 준비하는 서너 명을 빼면 낮의 교실이 그대로 밤의 교실로 이어지는 셈이었다.

가장 활기가 넘치는 저녁 시간이 끝나고, 야자 시작을 알리는 종소리가 울리면 기다렸다는 듯이 감독 선생님이 교무실 문을 열고 나왔다. 그러면 직전까지도 시끄러웠던 교실은 파도타기를 시작하듯 1반부터 8반까지 차례로 소란이 잦아들었다. 한 층에 300명에 가까운 아이들이 있었음에도 복도를 지나가는 선생님의 발소리가 들릴 만큼 조용해질 수 있다는 게 신기할 따름이었다. 그럼에도, 그 조용함 속에서도 일어날 일들은 야금야금 일어났다. 교실에는 아이들의 수만큼 여러 가지 소리가 생겨났다가 사그라들었다. 볼펜이 떨어지는 소리. 의자를 바닥에 끄는 소리. 화장실을 가는 아이가 교실 문을 열고 나가는 소리. 조심스레 과자 봉지를 뜯는 소리. 문제지를 넘기는 소리. 몰래 전원을 켜 둔 휴대폰에 진동이 울리는 소리.

그중 가장 귀가 열리는 소리는 좋아하는 마음을 숨기지 못한 아이들이 낮게 속삭이는 목소리였다. 여느 때보다 입시가 중요한 시기에 누군가를 좋아하는 마음이 가장 중요해져 버린 아이들. 대부분은 근래 시작한 사사로운 연애사와 다른 학교 남자아이들에 대한 소문들이었다. 그리고 그 아이들과 조금 떨어진 자리에 앉아 열심히 참고서에 줄을 긋다가도, 불쑥 떠오르는 명우를 생각하는 내가 있었다.

친구는 말했다. 너는 항상 누군가를 좋아하고 있는 것 같다고. (그 말에 "좋아하는 마음 없이 어떻게 살지?"라고 생각했던 아이는 30대가 되어서도 여전히 좋아하는 것만큼 인생에서 재미있는 일은 없다고 생각한다.) 고등학교에 들어온 지 얼마 되지 않아 시작한 연애는 몇 달 만에 서로에게 상처도 주지 않고 끝이 났고, 그 후로는 또래 남자아이들에게 관심이 생기지 않았다. 학교 안에서도 좋아하는 사람과 좋아하고 싶은 사람이 너무나 많아서였다. 사모예드를 닮은 같은 반 아이와 제일 가까운 사람이 되고 싶었고, 장우혁을 닮은 국어 선생님과 비 내리는 아침에 나긋한 목소리로 토지를 읽어 주시던 문학 선생님의 마음에 쏙 들고 싶었다. 같은 기숙사 건물에서 지내던 탁구부 여자 코치가 멋있어서 기웃거리고, 친한 친구와의 우정이 얼마나 견고한지 틈틈이 확인하느라 언제나 마음이 바빴다.

그러다 한번은 근처 학교의 동갑인 남자애가 버스 안에서 나를 봤다며 친구를 통해 연락을 해 온 적이 있었다. 괜찮으면 문자로 이야기를 나눠 보고 싶다고. 한창 교복 치마 안에 파란색 체육복을 입고 돌아다니던 나는 고개를 내저으며 거절했다. 이런 나를 좋아하는 아이는 분명 이상한 아이일 거라고 생각했기 때문이다. 그런데 그 일이 있은 지 얼마 되지 않은 고등학교 2학년 늦은 봄에, 너도나도 공부를 시작해 보겠다고 책상 위에 문제집을 높이 쌓아 올리는 시기에 너무나 쉽게 빠져 버린 것이다.

같은 반 친구의 중학교 동창인, 명우라는 이름을 가진 남자아이에게.

한 번도 만나 본 적 없는 사람을 좋아할 수 있을까. 그때 나는 아이돌을 좋아하는 것과 비슷한 마음으로 명우에게 빠졌던 것 같다. 명우의 존재를 어떻게 처음 알게 됐는지는 정확하게 기억나지 않는다. 심심한 어느 날에 파도에 파도를 타고 들어간 친구의 싸이월드 미니홈피에서 처음 보고 반했던 건지, 아니면 친구가 먼저 명우의 사진을 내게 보여 주었던 건지. 희미한 기억들 속에서 확실한 하나는 여러 명의 얼굴 속에서 웃고 있는 명우를 보고 빠른 속도로 가슴이 뛰었던 순간이다.

뭐랄까. 명우를 보고 반했던 경험은 마음이 꼭 넘어지는 것 같았다. 집과 학교가 멀어 기숙사에서 살던 나는 토요일에 하교해 하루를 집에서 자고 오는 날을 빼면 학교 운동장을 벗어나는 일이 없었다. 기숙사에서 운동장을 건너 교실로 가고, 교실에서 나오면 다시 운동장을 건너 기숙사로 돌아가는 나날들. 반면 명우는 학교에서 버스로 한 시간 거리를 타고 가야 닿을 수 있는 바닷가 동네에 살았다. 여름이면 피서객이 몰려드는 그 동네는 이름만 여러 번 들었을 뿐 직접 가 보지는 못한 곳이었다.

사방이 산으로 둘러싸인 곳에서 살았던 나는 바다 냄새를 당연하게 생각하며 자랐을 그 애가 나오는 반대편에 사는 사람처럼 느껴졌다. 어쩌면 그 물리적인 거리감이, 쉽게 만날 수 없다는 안도감이 좋아하는 마음을 빠르게 키웠는지도 모르겠다. 그런 명우와 나를 연결시켜 주었던 건 2G 휴대폰으로 보내는 문자 메시지였다.

긴 머리도 발목 양말도 허용되지 않던 학교에서 휴대폰 사용은 쉬는 시간에만 틈틈이 허용되었다. 수업 시간에는 당연히 휴대폰 사용이 금지됐지만, 무음으로 바꾼 휴대폰을 수시로 확인하며 책상 서랍에 손을 숨겨 몰래 문자 메시지를 보내는 아이들이 있었다. 그 아이들은 금방이라도 웃어 버릴 것 같은 얼굴을 하고 있어서 표정만 보아도 티가 났다. 그 속에서 나는 아주 태연하지는 못해서 선생님에게 들킬까 봐 마음 졸이며 명우에게 띄엄띄엄 문자 메시지를 보냈다. 뭐 하냐고 묻고, 밥은 먹었는지 묻고, 남은 시간은 어떻게 보낼 건지 묻고, 그러다 너는 무얼 제일 좋아하는지 같은 질문을 슬쩍 끼워 넣는 연락이었다. 그렇게 몰래 문자 한 통을 보내고 나면 선생님 말에 고개를 끄덕이고 필기를 하면서도 서랍에 숨겨 둔 휴대폰에 답장이 도착했는지가 너무 궁금해졌다. 괜스레 휴대폰을 손에 쥐어 보며 답장을 기다리는 마음이 여름날 가슴께에 닿는 바다의 물결처럼 찰랑거렸다.

수업 시간과 비교해 야자 시간은 소란을 피우거나 자리만 이탈하지 않는다면 자율적으로 딴짓을 할 수 있는 가능성도 늘어났다. 선생님의 눈을 피하는 가장 좋은 방법은 복도 쪽 벽면에 책상을 붙이고 몸도 최대한 벽에 붙여 앉는 것이었다. 그걸 모르지 않는 선생님이 가끔 복도 쪽 창문에 얼굴을 가까이 대고 내려다보고 있는 바람에 깜짝 놀라는 일이 생기기는 했지만 말이다. 그렇지 않으면 운동장 쪽 창가 자리에 앉아 책상 오른편에 교과서와 문제집을 높이 쌓아서 얼굴과 손을 숨기는 방법이 있었다. 언제 들킬지 모를 부실하고 내밀한 사각지대에 숨으면 사용이 금지된 MP3 이어폰을 왼쪽 귀에 꽂아 라디오와 음악을 듣는 일도 가능했다.

독일 월드컵이 열렸던 2006년 초여름. 그런 식으로 몰래 월드컵 중계를 라디오로 듣던 아이들이 한국 선수의 득점과 함께 동시에 소리를 지르는 바람에 "이것들이!" 하고 복도로 튀어나온 선생님도, 놀라서 급하게 이어폰을 빼서 숨긴 아이들도 일순간 웃음이 터졌던 기억이 난다.

조용하게 비밀을 만들어 가는 시간 속에서 문자함의 용량은 전보다 빠르게 채워졌다. 친구들의 문자를 그때그때 지우고, 명우의 문자 중에서도 지워도 되는 문자를 고심해서 삭제 버튼을 눌렀다. 그럼에도 지우기 어려운 문자 메시지가 늘어나는 만큼 그 애를 좋아하는 이유도 구체적으로 쌓여 갔다. 그때 내가 사용했던 애니콜 은색 폴더폰에는 어떤 문자들이 저장되어 있었을까. 그중 명우에게 받은 한 통의 답장을 기억한다.


─ 고마워. 살면서 따뜻한 밥 먹으라는 말 처음 들어 보네.


늦은 저녁을 먹는 명우에게 보낸 문자에 대한 답장이었다.

휴대폰 화면에 떠 있는 '처음'이라는 말을 물끄러미 바라보았다. '너는 왜 이런 말을 처음 들어 보는 거야.' 명우가 어떻게 살아가는지 어렴풋이 알고 있던 나는 그 애가 가진 결핍이 나의 것과 비슷하다고도 생각했던 것 같다. 너의 외로움을 나는 알 수 있을 것 같다고, 그런 생각이 함부로 들었다. '진심이야. 혼자 먹더라도, 나는 진짜 네가 따뜻한 밥을 먹었으면 좋겠어.'

그 문자 메시지를 받은 후로 나는 내가 할 수 있는 가장 따뜻한 말들을 궁리하기 시작했다. 이불 잘 덮고 자야 해. 나쁜 꿈 꾸지 말고 푹 자. 다치지 말고 조심히 다녀와. 그러면서도 좋아한다는 말은 할 수 없었다. 좋아한다고 말했다가 그 애가 아니라고 한다면 나는 더 이상 아무것도 할 수 없어질 테니까. 우리가 어떻게 흘러갈지 알 수 없는 채로 이대로 계속 혼자서 좋아하고만 싶었다. 그러면서도 사실은 바라기도 했다. 문자 메시지 중 하나쯤은 너의 마음을 움직일 수 있기를. 생일 케이크 초에 불을 붙이려고 성냥을 긁으면 몇 번은 불발되더라도 결국엔 불꽃이 붙는 것처럼. 노래를 부르고 소원을 비는 동안에는 그 불빛이 제일 중요해지는 것처럼. 그렇게 너도 나를 좋아하게 된다면 좋겠다고.

밤 열 시. 야자 시간이 끝나는 종소리가 울리면 어떻게 참았나 싶을 만큼 교실이 순식간에 시끄러워졌다. 가방을 챙겨 복도로 나가면 이미 신발장에서 신발을 꺼내는 아이들로 붐볐다. 내일이면 또 볼 친구들에게 크게 손을 흔들고 헤어지고, 함께 집으로 갈 친구의 이름을 불러 세우고, 우르르 계단을 내려가는 무리 속에 섞여서 운동장으로 쏟아져 나오면 겨우 가지게 된 자유로운 밤이 우리를 기다리고 있었다. 집으로 돌아가는 아이들이 교문으로 걸어갈 때 기숙사에 사는 아이들은 교문과 반대 방향으로 밤의 운동장을 건넜다.

다시 휴대폰 사용이 제한되는 기숙사로 돌아가는 길은 5분도 걸리지 않는 거리였다. 최대한 빙빙 돌아가더라도 10분 내외의 시간을 벌 수 있었다. 그 시간을 이용해 며칠에 한 번씩 명우에게 전화를 걸었다. 함께 기숙사로 돌아가는 아이들을 먼저 앞세우고 나는 최대한 천천히 걸으면서 명우의 전화번호가 뜬 휴대폰 화면을 응시했다. 전화를 걸겠다고 이미 마음먹었으면서도 통화 버튼을 바로 누르는 게 어려웠다. 두근대는 마음을 애써 가라앉히고 휴대폰을 귀에 갖다 대면, 아주 짧은 순간 숨을 참게 되는 정적 후에 '아임 폴 인 러브 어게인. 너를 찾아서'로 시작되는 그 애의 컬러링이 흘러나왔다.

— 여보세요.

통화를 하는 동안엔 한자리에서 가만히 서 있기가 어려웠다. 소란이 가시지 않은 운동장 계단에 앉아 교문으로 걸어가는 아이들을 바라보다가, 고개를 돌려 아직 환하게 켜져 있는 고3 교실의 불빛들을 지켜보다가, 괜스레 운동장 중앙까지 걸어갔다가 다시 계단으로 돌아왔다. 그렇게 몸을 움직이면서 아무렇지 않은 듯 안부를 묻고 싶었지만 나도 모르게 자꾸만 웃음이 났고, 그 애는 왜 자꾸 웃기만 하냐고 웃었다. 그러게. 나도 잘 모르겠어. 나는 왜 자꾸 웃게만 되는 걸까. 빙빙 맴도는 기분으로 통화를 하다가 기숙사 건물 전체에 불이 다 켜지면 더 늦지 않게 전화를 끊어야 했다. 목소리가 끝났다는 아쉬움과 잘 자라는 메시지를 보낼 시간이 남았다는 기쁨이 동시에 마음을 긋고 지나갔다.

별일 없는 듯 지내다가도 불쑥 도착한 그 애의 연락에 온 마음을 거는 일은 기숙사가 아닌 집에서 자는 주말에도 계속되었다. 집에 있는 동안엔 눈치 보지 않고 휴대폰을 사용할 수 있었지만 문제는 문자 수신이 잘되지 않는 약한 신호에 있었다. 당시 초고속 인터넷도 설치되지 않았던 산동네에서 문자 메시지를 보내기 위해선 특별한 노력이 필요했다. 그건 필요할 때마다 옥상으로 올라가 휴대폰 안테나 신호가 한 칸이라도 더 뜨는 위치를 찾아내는 거였다. 명우와 문자가 이어지는 밤엔 잠든 할머니 할아버지 몰래 현관문을 열고 나가 슬금슬금 옥상으로 올라갔다.

가로등 불빛 하나 없는 밤은 깜깜하고 쌀쌀했다. 옥상 끄트머리에 설치된 스카이라이프 수신기 쪽으로 다가가 손에 쥔 은색 폴더폰을 하늘을 향해 뻗었다. 젊은 사람들이 살지 않는 동네는 이르게 어두워지고 모두가 잠든 조용한 밤에 휴대폰 불빛만이 밝게 보였다. 안테나 신호가 뜨는 쪽으로 조금씩 몸을 움직이다 보면 문자 메시지 도착을 알리는 진동이 울렸다. 빠르게 손을 내려 화면에 뜬 열몇 글자의 메시지를 읽고 있을 땐, 그 애가 있는 방에서 내가 있는 곳으로 문자 메시지가 날아온다는

게 실감이 됐다.

결국엔 별말을 보내지 못하더라도 ㅋ 개수까지 신경을 쓰며 몇 번이고 썼다 지웠다를 반복하다 답장을 보냈다. 그러곤 설핏 잠에서 깬 할머니 할아버지가 나를 찾을까 봐 다시 조용히 집으로 들어갔다가 몇 분 후 다시 옥상으로 올라가 하늘을 향해 휴대폰을 뻗었다. 그렇게 몇 번이고 되풀이했을까. 그 애는 모르는 밤이 10대의 한 부분을 채우고 있다.

계절은 초여름에 접어들고 어느새 명우와 연락을 한 지도 한 달이 넘어서고 있었다. 하루는 다른 반이었던 친구가 등교를 하자마자 교실로 뛰어와 심각한 얼굴로 물었다.

"너 아직도 걔랑 연락해?"

친구의 표정을 보니 왠지 거짓말을 해야 할 것 같았다.

"응. 아주 가끔. 왜?"
"걔랑 당장 연락 끊어라."
"왜?"

"어제 내가 꿈을 꿨는데. 꿈자리가 뒤숭숭해."

"어떤 꿈을 꿨길래?"

"꿈에서 교복을 입은 네가 밭에 쪼그려 앉아서 뭔가를 열심히 하고 있는 거야. 가까이 가서 봤더니 네가 구슬땀을 흘리면서 나물을 막 캐고 있더라고. 그래서 왜 여기서 나물을 캐고 있냐고 했더니 네가 얼른 캐서 걔를 갖다 줘야 된대. 기가 막혀서…… 네가 지금 산에서 나물을 캘 때야? 불길한 징조다. 얼른 연락 끊어라."


친구의 말이 웃겨서 크게 웃었는데 정작 그 말을 전하는 친구 표정은 너무 진지해서 나는 알겠다고 대답할 수밖에 없었다. 나랑 약속한 거라고, 꼭 연락 끊으라고 다시 한번 경고한 친구가 교실을 떠난 후 혼자 책상에 앉아 친구의 말들을 곱씹었다. 말이 안 되는 꿈이라고 생각하면서도 그런 꿈을 꿀 정도로 친구가 걱정을 한다는 게 마음에 걸렸다. 그리고 그즈음 명우에게서 문자 메시지를 받았다.


— 주말에 만날래?

다시 한번, 마음이 넘어지는 순간이었다. 내심 기다렸던 말이었지만, 정작 그 메시지를 받았을 때는 반가운 마음보다 덜컥 겁부터 났다. 그동안 주고받았던 문자와 목소리가 아닌 나 자신으로 명우 앞에 설 자신이 없었다. 나를 보면 실망할 거라는 확신에 가까운 마음이 그 애에게서 성큼 뒤로 물러서게 했다. 그리고 알고 있었다. 지금 내가 보내고 있는 시간이 얼마나 중요한 시기인지를.

고2 때 성적을 올리지 않으면 고3 때는 더 힘들어진다는 선생님들의 말이 아니더라도 시험 기간이 되면 전보다 더 깊어진 초조함을 느꼈다. 1학년 겨울 방학 동안 바짝 공부한 덕에 눈에 띄게 성적과 등수가 오른 참이었다. 조금만 더 하면 반에서 상위권인 친구와 점수를 좁힐 수 있을 것 같은데, 그러려면 더 공부를 해야 하는데. 직접 얼굴을 보고 나면 이미 그 애 쪽으로 기울어진 마음을 돌이킬 수 없을 거라는 생각이 들었다. 명우 앞에 나타날 수도, 그러고선 다시 나의 자리로 돌아올 자신도 없었던 것이다.

명우에게 곧바로 답장을 보내지 못하고 친구들 몇몇에게 어떻게 하면 좋을지 고민 상담을 했다. 문자 내용을 확인한 친구들은 점점 더 빠져드는 내가 걱정됐는지 적극적으로 말리기 시작했다. 어떤 애는 휴대폰을 숨기겠다고 했고, 어떤 애는 정말로 숨겼으며, 어떤 애는 명우의 번호를 지웠다. 하지만 매일 생각하던 13자리 숫자가 쉽게 잊힐 리 없었다.

— 나중에. 나중에 보면 좋겠어.

그 후 서서히 주고받는 문자가 줄어들었다. 연락이 뜸해지는 걸 느끼면서 왜 그러느냐고는 묻지 못하고 나도 따라 연락을 줄였다. 어쩔 수 없는 일이라고 생각하면서도 마음은 금방 사라지는 것이 아니라서 줄곧 신경이 쓰였다. 졸지 않으려 노력하며 수업을 듣고, 늦은 밤까지 고개를 숙여 문제를 풀다가도 수시로 그 애가 떠올랐고 혹시나 하는 마음으로 휴대폰을 확인했다. 그리고 매번 실망감을 느꼈다.

그러는 동안 교실엔 선풍기가 돌아가고, 춘추복에서 하복으로 갈아입는 아이들이 생겨나고, 중요한 시기는 정말 지금부터라는 선생님의 말과 함께 방학이 왔다. 그래 봤자 2주 정도의 짧은 방학이었다. 그리고 그 짧은 방학이 끝난 후에 명우에게 여자 친구가 생겼다는 소식을 들었다. 여름휴가로 바다에 놀러 온 여자애와 만난다고 했던가. 명우의 미니홈피에서 두 사람의 사진을 보았을 땐 여러 겹으로 이루어진 서운함이 차오르다 가라앉았다. 그렇게 아주 가끔 이어지던 문자 메시지도 끝이 났고, 좋아하는 마음은 바로 끝나지 못하고 남은 수명을 조금 더 살았다.

하루는 남자 친구와 헤어지고 바다를 보고 싶다는 친구와 함께 야자 시간을 몰래 빠져나와 명우가 사는 동네로 간 적이 있다. 상상만 하던 바다를 눈으로 한번 보고 싶었기 때문이다. 사실은 지금 네가 사는 곳에 왔는데 한번 볼 수 있느냐고 연락할 용기는 나지 않고, 바다를 걷다 보면 혹시나 우연히 만나지 않을까, 그러면 불쑥 너에게 잘 지냈느냐고 말을 걸어볼 수 있지 않을까, 생각만 했다.

직접 본 바다는 기대한 만큼 근사하지는 않았다. 헤어진 남자 친구를 생각하며 모래 바닥에 가만히 앉아 있는 친구 곁에서 바닷소리를 들었다. 생각보다 더 먼 것 같기도, 가까운 것 같기도 했던 바다. 휴가철이 끝난 저녁 바다는 조용했다. 그날 버스를 타고 학교로 돌아가는 길, 창밖으로 지나가는 동네가 밤에 잠기는 모습을 지켜보았다. 밤의 버스 안에서 말없이 창밖을 내다보는 마음은 무언가를 체념하는 마음과 닮아 있었다.

다행히 2학기가 되어 성적이 차츰 올랐다. 수능이 얼마 남지 않은 가을이 되자 2학년의 야자 시간 분위기도 보다 진지해졌다. 그즈음 학교에서는 고3 수험생들을 응원하는 이벤트로 수호천사 등 만들기를 진행했다. 가로 10cm, 세로 20cm 크기의 나무틀 안에 전구를 달고 네 면에 습자지와 셀로판지를 붙여 응원 메시지를 전하는 등이었다. 누가 누구를 위한 등을 만들지는 고2 후배가 고3 선배의 이름을 제비뽑기로 뽑는 것으로 결정됐다. 수능은 너무나 중요한 일이어서 잘 알지도 못하는 선배의 등을 만드는 동안에도 최선을 다하게 됐다. 그렇게 만든 300여 개의 등은 수능이 끝날 때까지 운동장 한 바퀴를 휘감은 줄에 매달아 두었다.

야자 시간에 무심코 운동장 쪽을 바라보면 주황색, 노란색, 파란색으로 불이 켜진 색색의 등이 보였다. 그 등을 보고 있으면 곧 고등학교 2학년의 날들도 끝이라는 게 실감이 났다. 머지않아 학교를 떠나 어른이 되는 날이 올 것이라는 것도.


이제 나는 서른 중반이 되었다. 고등학교를 졸업한 지도 15년이 넘는 시간이 흘렀고 한때는 매일 생각했던 명우의 얼굴도 목소리도 생각나지 않는다. 사진으로 보았던 모습이 어렴풋한

윤곽으로만 기억에 남아 있을 뿐. 우연히 길에서 마주친다 하더라도 알아볼 수 없을 것이다. 선명한 것은 오직 내 것이었던 내 마음뿐이다.

하지만 가끔씩 어둑한 밤길을 걸어가다 노란 가로등 불빛을 볼 때, 운동장에서 반짝이던 색색의 등이 떠오를 때가 있다. 그 불빛이 반가워 10대의 밤들을 천천히 더듬어 가 보면, 소리로 남아 있는 야자 시간의 분위기와 함께 그 애의 이름을 생각하는 내가 교실에 앉아 있다. 복도는 이상하리만치 조용하고 창밖은 어느새 어두워지고 만나 본 적도 없는 그 애를 나는 자꾸만 궁금해한다. 걔는 오늘 따뜻한 밥을 먹었을까. 이따가 내 전화를 받을까. 아임 폴 인 러브 어게인. 너를 찾아서. 선생님 몰래 귀에 꽂은 이어폰에는 그 아이의 컬러링이 흘렀다.

# 밤, 비밀을 나누는 밤

）

교복을 입던 시절에는 낮보다 밤을 더 좋아했다. 재미있는 일들은 주로 밤에 일어났기 때문이다. 야자 시간에 나란히 몸을 붙이고 앉은 친구와 이어폰을 나눠 끼고서 〈타블로의 친한 친구〉 라디오를 듣거나, 몰래 학교를 빠져나가 콩닥거리는 마음으로 밤의 시내를 쏘다니는 일. 야자 시간이 끝나고 좋아하는 남자애에게 전화를 걸거나, 학교 앞 홈플러스에서 떨이 세일을 하는 초밥을 사 와 기숙사 친구들과 운동장에서 나눠 먹던 일들.

그중 가장 재미있는 것은 단연 비밀 이야기였다. 비밀은 두 사람이 나눌 수 있는 가장 강력한 우정이었다. 그리고 학교에서 오직 두 사람이 될 수 있는 시간은 떠들썩한 낮을 지나 어두운 밤에야 찾아왔다. 당시 고등학교 교실에는 칠판 왼편으로 옷장처럼 생긴 커다란 TV장이 학생들 쪽으로 비스듬히 서 있었다. 양쪽으로 문을 열면 TV가 들어 있던 TV장 뒤편에는 두 사람이 쏙 들어가기 좋은 크기의 삼각형 공간이 있었다. 교실에서 몸을 숨길 수 있는 유일한 공간이었기 때문에 아이들은 그곳에 들어가 선생님 몰래 고데기를 하거나 체육복을 갈아입었고, 야자 시간에는 비밀을 나누는 아이들의 작은 아지트가 되었다.

아직 마음을 깊이 나누는 친구를 사귀지 못했던 고등학교 1학년 봄. 조금씩 가까워지던 한 아이와 TV장 뒤에 들어가서 비밀 이야기를 나눈 적이 있다. 당시 그 아이가 좋아하던 한 사람에 대한 이야기였다. 눈을 마주치고 낮은 목소리로 비밀을 말하고 들을 때는 서로가 서로인 사실이 어느 때보다 중요해졌다. 우리만 여기에 있다는 사실이, 우리만 이 이야기를 알 수 있다는 사실이. 그날 TV장 뒤 아지트를 빠져나와 자리에 앉았을 때 조용한 밤의 교실에서 더는 혼자가 아닌 느낌이 들었다. 나에게도 드디어 친한 친구가 생겼구나. 학교를 다니는 동안 그 아이에겐 늘 무엇이든 다 말하고 싶었다.

아. 이것은 비밀인데, 그 아이는 내가 교복을 입고 나물 캐는 꿈을 꾸었던 아이다.

◆

내 인생에서 내 맘대로 되는 일이 하나도 없다는 건
때때로 예상치 못한 기쁨과 놀라움으로 연결될 수도 있다는 사실을,
열아홉이 된 내가 어렴풋이 느끼고 있었다.
작은 온기, 작은 부드러움으로 햇빛 한 조각 같은 것을
마음속에 두고 살아갈 수 있는 게 인간이라는 걸.

# 10년 후의 약속

조우리

## 조우리

청소년소설을 쓴다. 수업 시간에 딴짓하고, 엎드려 자고,
교가나 애국가 제창 때 조개처럼 입을 꾹 다물고 있는 아이들을 사랑한다.
목소리가 크고, 잘 웃고 잘 울고, 모르는 질문에도 대답을 씩씩하게 하는
아이들 역시 사랑한다. 1년 중 초여름 밤이 가장 좋다.
새 울음소리, 여름 꽃향기, 습하고 미지근한 바람 같은 것들로 인해.

1997년.

사랑하는 모든 것들은 이미 과거에 속해 있었다.

고작 열여덟 살에.


158cm에 38kg, 트리플 A형에 (훗날 알게 된 바) INFP 성향을 가진 열여덟 살의 조우리 학생은 당시 인문계 고등학교에 재학 중이었다. 예민하고 소심하고 까탈스러웠지만, 그걸 교실에서 드러낼 정도로 존재감이 있지도 않았다. 학교에 가고 수업을 듣고 밥을 먹고 숨 쉬고 걷고 이야기하고 잠을 자고…… 남들 하는 건 다 하고 있었지만 실은 껍데기만 남은 채였다. 그러니까 오래된 냉동고의 잊힌 아이스크림 박스처럼, 텅 비어 있었

고 그 안에는 아주 오래된 얼음 알갱이 부스러기와 아이스크림 껍질만 덩그러니 남아 있는 상태랄까. 알프스의 만년설이 녹더라도 그 냉동고의 문이 열릴 일은 없을 거라고, 열여덟 살의 그 아이는 생각했다.

열여덟 살의 조우리는 아주 늙어 버린 노인처럼 살고 있었다. '이번 생은 망했다. 따라서 모든 것은 내게 의미 없다.' 그 감정은 중2병과 비슷하면서 달랐다. 더 심도 있고 더 절망적이며 더 구체적인 경향이 있었다. 출구 없는 완벽한 패배감이기도 했다.

이 상황을 설명하기 위해서는 IMF를 소환할 수밖에 없다. 너무 흔한 서사지만 우리 가족은 당시 국가적 경제 비극을 정통으로 맞았다. 대기업에 다니던 아빠가 해고되었다. 엄마의 가게는 망했다. 좀 더 덧붙이자면 아빠는 해고의 충격으로 쓰러져 심장 수술을 받게 되었고 엄마는 잘되던 가게의 분점을 새로 낸 상태였는데 IMF가 터지면서 가게 두 개가 연달아 망하고 빚더미에 앉게 되었다. 과연 나쁜 일들은 순서를 기다리며 차례대로 오지 않았다. 오직 상대를 쓰러뜨리기 위해 존재하는 복서처럼 왼쪽, 오른쪽, 중앙 가리지 않고 파고들며 주먹을 연타로 날렸다. 우리는 그저 얻어터질 뿐이었다. 복싱과 크게 다른 점은 손바닥으로 바닥을 치고 수건을 허공으로 아무리 던져도 시합이 끝나지 않는다는 것이었다.

우리 집은, 지금은 멸종되어 찾아보기 힘들다는 소위 '중산층'이었다. 아빠와 엄마는 항상 일을 하느라 바빴고 집에는 나와 동생, 집안일을 돌봐 주시는 분이 계셨다. 햇볕이 환하게 들어오는 각자의 방이 있었고 주말에는 당시 최고 '핫플'이었던 맥도날드 1호점, 피자헛 1호점 등을 찾아다니며 세─련된 외식을 했다. 엄마가 운영했던 아디다스 매장의 삼선 트레이닝복 세트와 슈퍼스타 운동화는 당시 중, 고, 대학생들을 아우른 '위시템'이었는데 나와 동생은 깔별로 착용 가능했다. 나이키와 더불어 스포츠 브랜드 시장이 한국에서 막 커져 가고 있을 때였다. 아디다스의 이미지는 새로웠고 깔끔했으며 아이들은 나와 동생을 부러워했다. 초등학교 때부터 고등학교 1학년 때까지, 나는 그런 아디다스적 중산층의 세계에서 살아왔다. 평온이 평온인 줄도 모르고 복이 복인 줄도 모른 채.

IMF가 터지자 사람들은 사치품, 브랜드 제품부터 줄였다. 아빠가 다니던 코오롱 모직도, 엄마가 운영하던 아디다스 매장도 가장 먼저 크게 타격을 받았다. 아빠는 잘렸고 엄마는 망했다.

1997년, 우리는 해가 들지 않는 어느 다가구 주택의 1층으로 이사를 했다. 집이 어그러진 건지 창문틀이 어그러진 건지 창문이 다 닫히지 않아 차가운 바람과 옆집의 부부싸움 소리가 함께 새어 들어오는 좁아터진 집이었다. 나는 동생과 방을 함께 써야 했다. 둘이 누우면 꽉 차는, 관 같은 방이었다.

아빠는 퇴원 후 경비원으로 취직했고 엄마는 식당 이모가 되었다. 내가 등교할 시간에 아빠는 퇴근했다. 세상의 피로와 슬픔을 다 짊어진 얼굴로. 아빠는 점점 더 말이 없어졌고 엄마가 식당에서 가져온 음식들은 자주 쉰내를 풍겼다. 태어나서 처음 맞닥뜨린 삶의 위기는 내게 너무 난도가 높았다. 나는 도저히 그것들을 극복할 수 없었고 지독한 무력감과 절망감에 잠식되어 갔다. 우리 집이 이렇게 망했다는 걸 누가 알까 봐 막연히 두려워 학교에서는 늘 고개를 숙이고 있었다. 내 몸에서 가난과 몰락의 냄새가 날 것 같았다. 나는 이 세상에서 가장 불행한 10대였고 그 누구와 불행 배틀을 하더라도 다 이길 수 있었다. 두더지가 땅속으로 파고들듯 나는 감정의 바닥으로 파고들었다. 아디다스적 세계에서는 배우지 못한 감정들이었기에 어떻게 처리하면 좋을지 나로선 알 수가 없었다.

자연스럽게 학교 공부며 대학, 이런 것들은 내게서 멀어져

갔다. 공부는 해서 뭐하나, 대학 갈 돈도 없는데. 만에 하나 대학에 가더라도, 운이 좋아 취직을 하더라도 언제 이렇게 고꾸라질지 모르는 인생인데 그런 노력은 해서 뭐하나 싶었다. 삶에 치인 아빠와 엄마는 내 성적표를 들여다볼 여유도 없었다. 이전에는 사시사철, 12절기, 때마다 회자될 정도로 우리 집에서 최우선 사항이었는데 이제 내 성적은 뷔페에 나온 식은 오뎅탕보다 더 인기가 없어졌다. 담임에게도, 나에게도.

친구는 원래 없었다. 1년에 한 명 정도면 아주 족했다. 성격이 좋고 모두에게 상냥한 아이가 내게 우연히 말을 걸어 주면 그 친구에게 쥐며느리처럼 딱 달라붙어 한 해를 났다. 나는 원래 내향적인 사람이지만 1997년 이후로 자체 음소거라도 한 듯 더욱 말이 없는 인간이 되어 갔다. 정말이지 간신히 학교를 다녔다. 학교를 계속 다녔던 건 자퇴니 뭐니 담임과 엄마와 상담을 하고 어쩌고 하는 과정마저도 다 귀찮고 부질없게 느껴져서이지 다른 이유가 있었던 건 아니다. 자퇴 의지를 표명하기 위해 너무나 적극적인 삶의 태도를 보여야 한다니, 그건 생각만으로도 지쳤다. 대부분의 선생님들이 늘 엎드려 있는 나를 포기했으나, 학교를 안 나가면 낮에 집에 계신 아빠와 마주쳐야 했으므로 할 수 없이 학교에 나갔다. 대충 학교생활을 때우던 때이니 당연히 야자는커녕 보충 수업도 하지 않았다. 문제는 그렇게 학교를 빠져나온 후 갈 곳이 없다는 데 있었다.

직면한 위기에 대응하는 삶의 태도가 사람마다 다른 것은 당연할 테지만 아주 극단적으로 다를 수도 있다는 건 놀라운 일이다. 내가 마음의 만년설을 얼리고 있을 때 같은 위기에 봉착한 내 동생의 행동 양식은 나와 매우 달랐다. 마치 같은 종족이 아니라고 해도 믿을 법한 수준의 다름이었다.

내가 이런 인생은 이제 망했으니 의미가 없다고 생각했을 때 내 동생은 어찌 될지 모르는 인생, 최대한 즐겁게 살아야겠다는 마음가짐을 갖게 된 것 같다. 어떤 중간 사유를 거쳤는지(과연 거쳤는지) 모르겠지만 동생은 태양처럼 밝고 여름처럼 신나게 하루하루를 살고 있었다. 아빠가 오후에 출근하고 나서 비어 있는 집에, 거의 매일 친구들을 데려와 놀았다. 친구도 많아서 반 아이들 전부, 혹은 전교생을 전부 한 번씩 데리고 왔을지도 모른다.

쇼펜하우어처럼 비관적이고 괴테처럼 고뇌에 찬 내가 간신히 집에 도착해 보면 서너 명의 아이들이 안방 TV 앞에 해변의 바다사자 떼처럼 널브러진 채 서로가 서로에게 기대 이야기꽃을 피우고 있었다. 가끔 그 옆에 맥주 캔이 놓여 있을 때도 있었고 빌려 온 비디오테이프가 놓여 있을 때도 있었다. 그 무리는 떡볶이나 과자, 라면 따위의 것들을 마구 늘어놓고 우리 집을 아지트처럼 이용하고 있었다.

이렇게 다 쓰러져 가고 곰팡이가 피고 웃풍이 부는 어두컴컴한 집에 친구들을 초대하는 동생의 무신경함을 도무지 이해할 수 없었다. 이 동네, 이 구역에 사는 것도 창피해하며 누구에게도 사는 곳을 알려 주지 않은 나였다. 그런데 동생은 이 구역 파티 호스트였다. 내가 집에 들어가면 아이들은 우르르 일어나 "언니, 안녕하세요." "언니, 이리로 오세요, 떡볶이 드세요." "언니, 같이 영화 봐요." 하며 이구동성 친근하게 굴었지만 나는 그 속에 낄 수 없었다. 잘 알지도 못하는 그 애들에게조차 내가 속해 있는 이 보잘것없는 공간이 창피했고 망한 우리 집의 상황이 부끄러웠다. 잘 먹고 잘 웃는 그 애들이 내 슬픔의 한가운데에 끼어들어 있는 것이 적응되지 않았다. 동생에게 친구들 좀 안 데려오면 안 되냐고 물었지만 동생은 귓등으로도 듣지 않았다.

할 수 없이 나는 방과 후 야자 시간, 노마드적 삶을 살게 되었다.

야자 시간을 보낼 수 있는 방법은 많지 않았다. 시내버스를 타고 종점까지 갔다가 돌아 나오기, 공원을 걷기, 돈이 조금 있는 날은 커피숍에 가 음료 하나로 세 시간쯤 버티기, 하나뿐인 친구네 집이 비면 놀러 가기, 시립 도서관 가기, 어느 벤치에 하염없이 앉아 있기 등. 혼자인 시간은 믿기지 않게 느릿느릿 흘렀고 매일 머물 곳을 찾는 것도 곤욕스러웠다. 아예 야간 자율 학습 신청을 할까도 생각해 봤지만 공부하는 친구들 사이에서 몇 시간을 무기력하게 앉아 있는 것은 더 힘들 것 같았다. (그렇다고 공부하는 건 정말이지 생각도 안 해 봤다.)

하루는 충동적으로 월미도에 가는 버스를 탄 적이 있다. 주말에 버스를 타고 친구들과 월미도에 놀러 갔다 오는 게 반에서 유행 비슷한 거였다. '현란한 입담을 자랑하는 디제이가 운영하는 디스코 팡팡 + 안전장치가 랜덤 작동되어 이승과 저승을 짧은 시간 오갈 수 있는 바이킹 + 무제한 피자 뷔페'가 월미도의 정석 코스였다. 하지만 무엇보다 나의 마음을 끌었던 건 버스를 타고 바다를 보러 갈 수 있다는 사실이었다. 가수 오태호를 무척 좋아했던 당시의 나는 '열아홉 살 때 처음으로 바다를 만났지'로 시작하는 〈10년 후의 약속〉이란 노래를 듣고 혼자 만나는 바다에 대한 로망이 있었다.

바람이 많이 불고 흐렸던 그날, 나는 경건한 마음으로 월미도에 가는 버스를 탔다. 맨 뒷자리에 앉아 〈10년 후의 약속〉을 워크맨으로 반복해 들으며, 마치 바다를 보고 오면 내 인생이 조금 달라질 것처럼, 파도처럼 고양된 어떤 감정을 품을 수 있을 것처럼, 그렇게 바다로 향했다.

주인공의 이런 종류의 기대감이 반드시 깨지는 게 소설의 기본 공식이라면 그날 나는 진정 소설의 주인공이었다. 평일의 월미도는 을씨년스럽고 더럽고 냄새났다. 디스코 팡팡이고 바이킹이고 다 닫혀 있었고 어디서건 바람에 미친 듯이 펄럭거리는 천막 소리만 가득했다. 파도는 개뿔, 바닷물은 고인 채로 썩어 가고 있었다. 나는 망연자실하게 텅 빈 월미도에 서 있었다. 무엇보다 확실히 바다보다는 하수구 처리장에 가까운 냄새가 났다. 이어폰에서는 계속 노래가 흐르고 있었다. 오태호가 바다를 향해 힘들 때 함께해 줘서 감사하다는 의미의 내레이션을 읊조린 후 고마움의 보답으로 기타 솔로를 연주하는 중이었다. 예상대로라면 이 대목쯤에서 파도의 흰 포말을 온몸으로 맞으며 내가 눈물을 조금 흘리고 있어야 했다.

파도 소리와 함께하는 기타 솔로를 다 듣지 못하고 워크맨

을 껐다. 검푸르고 정체가 불분명한 바다와 나는 한참을 마주 바라봤다. 애써 출발했지만 도착한 곳은 생각과 너무나 달랐다. 내 인생에서 내 맘대로 되는 건 하나도 없었다. 아마 앞으로도 그럴 테지. 순간 맥락이 분명한 무기력감이 엄습했다. 바람에 뒤엉켜 마구 흩날리는 머리카락은 나를 더 어지럽혔고 그날 나의 우울은 정점을 찍었다. 그 와중에 배가 고파 막대기가 미끈거리는 어묵 꼬치를 몇 개 사 먹었더니, 그만 심하게 체해서 돌아오는 버스에서 내리자마자 토했다. 그 뒤로는 오태호 노래만 들어도 토할 것 같은 기분이 들었다.

집으로 돌아오자 동생은 또 친구들과 한층 업그레이드된 뻘짓을 하며 놀고 있었다. 과산화수소로 염색하기, 젓가락 달궈서 속눈썹 파마하기, 쿠킹포일을 이용한 셀프 파마하기가 그것이었다. 그날 동생은 강한 파마 약으로 인해 머리가 다 녹아 설치류에게 골고루 물어뜯긴 것 같은 머리 모양이 되었다. 절망의 월미도에서 막 돌아온 내 눈엔 동생이란 개체가 세계 멸망 이후 새로 출현한, 제3의 종족 같아 보였기에 감히 어떤 말도 건넬 수 없었다.

그런 날들이, 지속되었다. 해가 잘 들던 오래전 내 방을 그리워하는 일, 피자나 햄버거 따위를 아무렇지 않게 사 먹을 수 있는 어른이 된다는 건 무척 어렵고, 혹은 불가능할 수도 있음을 인정하는 일, 재능도 열정도 성실함도 없는 나를 미워하는 일, 매일 개미지옥에서 살아 돌아온 개미처럼 지친 부모님을 마주하는 일, 이대로 아무것도 변하지 않으리란 걸 받아들이는 일. 결국에는 더욱 무감해지고 나의 바깥에서 일어나는 일들에 의미를 부여하지 않는 날들이.

동생이 그 지저분하고 작은 개를 안고 집에 들어온 날은 11월이었다. 차가운 비가 내리던 날, 학교에서 돌아와 보니 털이 잔뜩 엉킨 채 원래의 제 색을 알아보기 힘들 정도의 개가 집에 있었다. 차가 와도 피하지 않고 길 한가운데서 벌벌 떨고 있길래 데리고 왔다고 동생이 말했다. 개를 본 내 첫마디는 "다시 데려다 놔."였다. 이런 더러운 생물체를 안 그래도 우중충한 집 안에 들이고 싶지도 않았고 우리 형편에 개를 키운다는 건 더욱 어처구니없었다. 동생은 평소에도 그랬던 것처럼 내 말을 가뿐히 무시하고 개에게 밥과 물을 줬다. 그러곤 담요를 가져와 돌돌 감싸서 체온이 회복될 때까지 안고 있었다. 엄마가 퇴근 후 개를 보고 한 말도 나와 비슷했다. "비가 그치면 다시 데려다 놔." 동생은 늘 그랬던 것처럼 엄마 말도 가뿐히 무시했다.

비가 그치고도, 며칠이 지나고도 개는 우리 집에 있었다. 동생이 개를 목욕시키고 엉킨 털을 제거한 후 보니 개는 정말 작았다. 계속 부들부들 떨었고 건드리기만 해도 오줌을 쌌다. 이 개를 도대체 어쩌자는 건지 한숨만 나왔다. 그러거나 말거나 동생은 개에게 '보노보노'라는 이름을 붙여 주고 잘 때도 끌어안고 잤다. 좁은 방에서 몸을 뒤척이다 깨 보면 개는 잠버릇 심한 동생을 피해 내 발치에 앉아 있었다. 그 온기가 몹시 낯설었다.

개는 싱크대 밑에 들어가 잘 나오지 않았다. 동생이 억지로 끌어내면 질질 끌려 나왔다. 가끔 혼자 집에 있을 때면 개의 존재감을 느낄 수 있었다. 개는 싱크대 아래에서 가만히 숨을 고르며 바깥에서 벌어지는 일들에 신경을 기울이고 있었다. 그걸 바라보고 있자니 개의 두려움과 슬픔이 오롯이 전해졌다. 개는 혼자였다. 나처럼. 개가 가까스로 도착한 곳이 나의 월미도처럼 실망스러운 곳은 아니었으면 좋겠다는 생각이 들기 시작했다. 나는 더 이상 개를 다시 데려다 놓으라고 말할 수 없었다.


시간이 지나며 개가 싱크대 밖으로 나오는 시간이 조금씩 길어졌다. 더 시간이 흐르자 학교에서 돌아오면 나와 동생 방에서 어슬렁거리며 나오는 일이 자연스러워졌다. 삐뚤빼뚤 잘랐던 털이 자라면서 개는 점점 귀여워 보였다. 코는 축축했고 눈동자는 반짝였다. 내가 앉아 있으면 슬그머니 다가와 자신의 신체의 일부를 내게 붙이고 앉았다. 부드러운 털의 촉감과 따스한 체온, 개는 태어나 만난 것들 중 가장 사랑스러웠다. 영화 〈캐스트 어웨이〉에서 주인공이 배구공 윌슨에게 마음을 다 쏟는 것처럼 나도 어느새 개에게 온 마음을 쏟고 있었다. 개를 보기 위해 집에 빨리 돌아왔다. 더는 카페와 친구 집과 거리를 헤매지 않았다. 동생도 개가 다른 사람들은 두려워한다는 걸 알고 예전처럼 자주 친구들을 부르지 않았다.

방과 후, 집으로 후다닥 달려온 동생과 나는 개를 무릎에 안고 이런저런 이야기를 나누기 시작했다. 동생과 긴 대화를 나누는 건 정말 오랜만이었다. 나는 동생의 최근 연애와 친구들 사이의 불화, 동생을 특히 싫어하는 사회 선생님에 대해 알게 되었다.

"얼마 전에 수업 시간에 트림을 했는데 말이야."
"응."

"어엄청 소리가 커서 황소개구리 압살당하는 소리 같은 게 났거든?"

"으응……."

"옆 반 선생님이 놀래서 문 열고 나와서 '무슨 일이야?' 이랬다. 그래서 우리 반 애들이 막 박수 쳐 줬어."

뭐 이런 대화였다.

"○○이가 헤어지고 연락을 안 받아."

"안 받으면 그냥 말면 되지."

"아니야, 한 번은 더 만나서 얘기해야 돼."

"그래서 어쩌려고?"

"전보를 보내면 어떨까 하는데. 익일특급으로."

"…… 주소는 알고?"

"이제 알아내야지."

동생도 많은 일들을 겪고 있었다.

우리 가족은 점점 더 개를, 그러니까 보노보노를 사랑하게 되었다. (나중엔 이름이 너무 길어 '뽀노'라고 줄어 불렀다.) 엄마는 뽀노의 조용한 성격과 선량해 보이는 눈동자를 사랑했다. 정말 총명한 개라고 했다. 아빠는 뽀노의 산책을 담당했다. 원래 아빠는 진돗개나 셰퍼드 같은 커다란 개를 좋아했는데 꿩 대신 닭이라고 같은 개이니 뽀노도 나쁘지 않은 듯 보였다.

뽀노를 둘러싸고 가족의 공기가 조금씩 달라지기 시작했다. 모여 있어도 할 말이 별로 없던 우리는 이제 뽀노 이야기를 많이 했다. 뽀노의 놀라운 점들은 말해도 말해도 끝이 없었다. 뽀노의 서열은 그해 겨울 점점 우상향하여 구정 무렵, 엄마가 제사 음식으로 해 둔 식탁 위의 전을 모두 먹어치우는 것으로 정점에 이르렀다. 싱크대 아래 숨어 있던 그 개는 이제 집에 돌아와 보니 입에는 기름칠을 하고 배는 빵빵해진 채 거친 숨을 몰아쉬는 개로 거듭났다.


'변화'라는 것이 그렇게 크고 거창한 단어가 아닐지도 모른다는 생각을 그 무렵 했던 것 같다.


우린 같은 장소에 있었지만 그 장소는 이전과 조금 다른 곳이 되어 있었다. 누구도 이렇게 될 줄 알 수 없었는데 이렇게 되었다. 내 인생에서 내 맘대로 되는 일이 하나도 없다는 건 마냥 절망적인 게 아니라 때때로 예상치 못한 기쁨과 놀라움으로 연결될 수도 있다는 사실을, 열아홉이 된 내가 어렴풋이 느끼고 있었다. 나쁜 상황은 그대로라 할지라도 작은 온기, 작은 부드러움으로 햇빛 한 조각 같은 것을 마음속에 두고 살아갈 수 있는 게 인간이라는 걸.

그 시절을 건너며 동생과 나는 뒤늦게 서로에게 베스트 프렌드가 되었다. 우리는 적도와 남극처럼 다른 성정의 자매였지만 뽀노를 무릎에 안고 나눈 대화들과 함께 라면을 끓여 먹은 오후의 날들이 쌓여 가며 비로소 서로를 이해하는 사이가 되었다. 그러니까 이 글은, 내가 야자 시간에 사귄 새로운 두 친구, 내 동생과 개에 관한 이야기인 것이다.


아주 많은 시간이 흘렀고 불행한 청소년이었던 나는 행복한 어른으로 잘 살아가고 있다. 지금도 내 동생과 가장 친하고 털이 새하얀 또 다른 주워온 개, 쿠쿠를 키운다. (뽀노는 천수를 누리고 가족의 품에서 죽었다.) 이 에세이를 쓰기 위해 오태호의 〈10년 후의 약속〉을 찾아 들었다. 오랜만에 들으니 낯설고 처음 듣는 노래 같기도 하고 내레이션이 나올 때는 약간 온몸이 간지

러워 견디기 힘든 기분이 되기도 했는데 마지막 가사를 듣고 조금 울고 말았다.

타임리프를 할 수 있다면 20+N년 전으로 돌아가 버스 맨 뒷자리에 앉아 오태호의 노래를 열심히 들으며 월미도로 향하던 나를 안아 주고 싶다. 그 노래의 맨 마지막을 잘 들어 보라고, 너는 그 긴 어둠을 무사히 지나올 것이고, 언젠가 그런 너를 자랑스러워하게 될 거라고

긴 어둠에서 나와서 환하게 웃게 될 거야, 너는 반드시 그렇게 될 거야, 마음을 다해 속삭이며.

# 밤, 바다의 밤

)

　그 시절 밤에 해야 좋았던 건 야자를 땡땡이치고(당연히) 가장 좋아하는 음악을 들으며 홀로 바다를 보러 갔던 일.

　최근 남편, 딸과 함께 월미도에 가 봤다.
　월미도는 그때보다 발전했지만 그래도 놀라울 정도로 기억 속의 그곳과 크게 다르지 않았다.
　아찔하게 꺾어지는 바이킹이나 저질 농담을 건네는 디스코 팡팡뿐만 아니라 묘하게 지저분한 인상의 바다도 예전 그대로였다. (냄새는 이제 나지 않았다)
　우리는 줄을 서서 조개구이를 먹고 그 옆 가게에서 폭죽을 샀다. 검은 바다 앞으로 달려가 하늘을 향해 몇 발이고 폭죽을 쏘아 올렸다. 바람이 미친 듯이 불어 추웠지만 불꽃은 눈이 부시게 반짝였다. 그 빛들은 언뜻언뜻 먼 수평선을 비췄고 나는 비로소 내가 바다에 왔음을 알 수 있었다.

＊

집으로 돌아가는 길은 아까보다 더 어두웠지만,
역설적이게도 그래서 더 밝기도 했다. 숲과 학교가 있던 곳에서
다시 구불구불 길을 따라 언덕을 내려가는 동안
차가웠던 공기가 다시 미지근해지는 것을 느꼈다.

# 그 밤의 소리

전성배

## 전성배

1991년 여름에 태어났다. 지은 책으로는 『계절을 팔고 있습니다』가 있다.
생生이 격동하는 시기에 태어나 그런지 몰라도 땅과 붙어사는
농부와 농산물에 지대한 사랑을 갖고 있다. 농부와 농산물을 주로 이야기하고,
삶에 산재한 상념을 가끔 이야기한다. 생生의 목표는 손가락이 움직이는 한
계속해서 농가를 위해 농부와 대화하고 그들의 농산물을 알리는 것이다.
그 글은 주로 밤이 비유하는 죽음의 위에서 쓰일 것이다.

교내 반지층에 마련된 몇 개의 작업실에서는 밤낮을 가리지 않고 괴상한 소리가 흘러나왔다. 취이익, 사각사각, 수후우, 부글부글, 톡톡톡, 땅땅땅 같은 익숙하거나 익숙지 않은 소리들이 항상 비슷한 분량으로 흘러나왔다. 그것들은 나름 순서도 있었다. '수후우' 하는 날카로운 소리가 얼마간 이어지면 아주 짧은 시간 '취이익' 단말마의 비명 소리가 나고, 이어 부글부글 물 끓는 소리가 이 비명을 매듭짓는다. 그다음에는 단단한 물체가 더 단단한 물체에 비벼져 살이 갈려 나가는 사각사각 소리와 쇠와 쇠가 맞부딪히는 땅땅땅 소리가 순서대로 나온다. 보통은 이 소리들만이 계속해서 순환 반복되지만, 드문드문 쇠의 어깨를 다독이기라도 하는 듯한 톡톡톡 두드리는 소리가 나기도 한다.

처음 그곳을 찾은 사람은 열이면 열 왠 학교에서 이런 소리가 나냐며 의문을 가졌다. 어디 공장에서나 날 법한, 그것도 철강을 다루는 예사의 공장이 아닌 곳에서나 날 법한 소리였기 때문이다. 어린 학생들에게는 어울리지 않은 소리라고, 결코 가까이해서도 안 되는 위험한 소리라고 생각했을 테다.

하지만 그 소리와 3년을 꼬박 함께했던 학생들에게 이는 당연하면서도 필연적인 소리였다. 그건 어느 공장에서나 날 법한 소리가 아니라 예술 비슷한 무언가가 오롯이 한 사람의 고민과 노동으로 만들어지는 소리였다.

\*

소리의 정체는 동copper이나 은silver 따위의 금속이 탈바꿈할 때 발생하는 소음. 달리 말하면 고통에 우는 비명悲鳴이었다. 발원지의 정체는 귀금속 공예에 대한 이론과 실기를 가르치는 귀금속 공예 특성화고였다. 그 학교를 다니는 학생은 대부분 2학년 2학기 때쯤에는 '귀금속 가공 기능사' 자격증을 취득할 수 있었다. 학생들이 만들던 건 반지나 목걸이, 브로치, 체인과 같은 일상에서 익숙하게 볼 수 있는 장신구부터 예술적 가치에 조금 더 의미를 둔, 익숙지 않은 공예품까지 다양했지만 공통점이 있었으니 오직 학생들만의 힘으로만 디자인되고 만들어진다는 것이다.

연필로 스케치된 디자인을 실체화할 때는 그게 어떤 디자인이든지 간에 '녹이기' 작업을 처음 해야 한다. 작업을 수월하게 하기 위해서는 가장 먼저 금속의 초도 형태를 잡아야 하는데, 그러기 위해선 반드시 고온의 불로 금속을 녹여 알맞은 형틀에 부어야 한다. 가령 반지라면 젓가락처럼 길고 납작한 형틀에 부어 줘야 제작할 때 훨씬 수월하다. 금속을 녹일 땐 취이익, 하며 소리를 내는 토치의 푸른색 불꽃이 사용된다. 녹인 뒤 형틀에 부은 금속은 직후에는 수백 도에 이르기 때문에 곧장 차가운 물에 담가 열을 식혀야 하는데, 이때는 수후우 하고 금속이 식는 소리와 함께 물이 부글부글 끓는 소리가 난다.

그렇게 금속이 초도 형태를 갖추면 본격적으로 가공이 시작된다. 이때는 쇠줄로 표면을 갈아 내는 사각사각 소리와 쇠망치와 나무망치로 때리는 땅땅땅, 톡톡톡 같은 소리가 난다. 금속은 불에 달궈졌을 때 가장 무르고 그때가 가장 가공이 수월하다. 때리고 갈아 내는 작업에서 점점 단단해지는 것이 금속의 특성이므로, 위 과정은 작품이 완성될 때까지 계속해서 반복된다.

학교에서는 귀금속과 떼려야 뗄 수 없는 보석에 관한 교육도 함께 이뤄졌다. 교육실은 4층에 마련되어 있던 걸로 기억한다. 거기서 학생들은 다양한 보석의 존재와 가짜와 진짜를 구별하는 방법을 배웠다. 보석을 배우기 시작한 후 학생들에게는 자신의 탄생석 하나쯤은 알고 있는 게 기본이 되었다. 조금 더 관심이 많은 아이는 친구와 가족의 탄생석까지 외웠고, 유달리 정이 많은 아이는 연인이나 좋아하는 이의 탄생석은 물론 뜻까지 외어 그 말을 새긴 은으로 고백을 하기도 했다.

오직 자신만의 힘으로 뭔가를 그리고, 실제화할 수 있는 곳에서 인간이 얼마나 낭만적일 수 있는지 나는 그때 처음 알았다. 이외에도 나는 더 많은 이유들로 그곳을 사랑했다. 탄생석을 외우는 낭만과 그 말로 고백하는 사랑을 사랑했고, 무언가를 제 손으로 만드는 행위를 사랑했고, 아무리 작고 간단한 것이라도 실체화하기 위해선 반드시 거쳐야 했던 동등하고 지난한 과정, 그로부터 발생하는 모든 소음을 사랑했다.

＊

중학교 3학년 가을. 고등학교 진학을 앞두고 나는 친구들과는 조금 다른 고민을 하고 있었다. 애당초 대학에 뜻이 없어 일찍이 실업계에 가는 걸로 마음을 정했지만, 문제는 어느 학교를 가느냐는 것이었다. 성적이 나쁘지 않아 웬만한 곳은 갈 수 있어 다행이었으나 그렇기에 꼭 가장 수명이 길고 돈이 되는 기술이 있는 곳으로 가고 싶었다.

당시만 해도 기술이 있으면 평생을 먹고산다는 말이 어른들 사이에서 당연하다는 듯이 오고 갔다. 물론 지금도 유효한 말이지만, 그때 어른들이 말하던 기술 중 상당수가 지금은 사양 산업의 일부가 되거나 인간이 아닌 다른 무언가로 이미 대체가 되었거나 될 위기에 놓여 있다. 어디를 갈지 고민하던 중에도 나는 지금의 미래를 아버지의 모습에서 일찌감치 의식하고 있었다. 그래서 최대한 오래 먹고살 수 있는 일을 하고 싶었다. 어릴 때부터 꾸준히 좋아한 문학은 고려 대상조차 되지 못했다. 고민이 계속되는 사이 본격적으로 우리 학교에도 각 고등학교에서 학교 홍보를 위해 차출된 선배들이 속속 찾아오기 시작했다.

귀금속 공예를 가르치는 학교가 있다는 걸 알게 된 건 네 번째 차례에 방문한 선배들을 통해서였다. 내가 사는 동네에서 멀지 않은 곳에 있는 작은 학교에서 왔다는 말로 처음 소개를 시작했던 어떤 누나를 기억한다. 머리 길이와 체구, 생김새, 목소리의 높낮이 등 그 선배를 설명할 수 있는 외적인 모습은 이제 거의 기억나지 않지만, 그 선배가 대표로 말했던 학교 소개만큼은 지금도 또렷이 기억한다.

"문학을 좋아하는 후배가 있나요? 문학은 꼭 글로만 할 수 있는 건 아니에요. 우리처럼 금속으로도 문학을 할 수 있어요. 그건 종이나 나무에 새겨지는 것처럼 쉽게 풍화되지도 않죠. 우리는 풍화되지 않는 예술을 하는 곳에서 왔습니다."

그 학교는 중학생인 나에게도 익숙한 이름의 한 인문계 고등학교 뒤편 언덕에 위치해 있다고 했다. 생전 들어 본 적 없는 '귀금속 공예 특성화고'라고 했고, 학교 크기가 작은 만큼 전 학년을 다 합쳐도 400명이 채 안 된다고 했다.

당시 우리 중학교 3학년 학생 수가 500명에 육박하던 걸 생각하면 상상 이상으로 작은 곳이었다. 그런 곳에서 금과 은 같은 귀금속으로 무언가를 만든다는 얘기는 내게 있어 호기심이 생긴다기보다 되레 초라해 보였다. 귀금속 장신구는 꾸준히 수요가 있는 상품이니 어찌어찌 먹고살 수 있는 기술은 되지 않을까 아주 잠깐 생각도 해 봤지만, 결국 사치품이지 않은가. 있으면 좋지만 없어도 사는 데 전혀 문제가 없는. 그건 돈이 되기는커녕 수명도 짧을 것 같았다.

난 돈이 되는 일을, 가능하면 그 돈을 많이 벌 수 있는 일을 하고 싶다고 어린 나이부터 생각했다. 푼돈에 절절매는 삶이 끔찍이도 싫었기 때문이다.

그 무렵 우리 가족은 10평 남짓의 낡은 빌라 반지하에서 4년째 살고 있었다. 이전에 살던 단칸방을 생각하면 장족의 발전이지만 실은 여전히 사글세를 면치 못한 채였다. 그 집은 나보다 한 살 더 많은 누나가 중학교 진학을 앞두고 있을 때쯤, 아버지가 월세가 비싸기는 하지만 그래도 방이 하나 더 있는 곳에서 사는 게 낫겠다며 나름 무리해서 얻은 곳이었다.

그곳에서 나는 중학교 3학년 겨울 방학까지 살았다. 단칸방 삶의 연장선에 불과한 시간이었다. 공과금 납부가 밀려 툭하면 전기가 끊겼고, 그때마다 아버지는 낡은 리드선을 이웃집 콘센

트에 꽂아 전기를 빌려 썼다. 그보다 더 자주 가스가 끊겼고, 하다 하다 겨울을 통으로 가스가 끊긴 집에서 입김을 불며 살던 때도 있었다. 그런 겨울에는 붉은색 고무대야에 물을 받아 '돼지꼬리'라 불리는 열선으로 물을 데워 씻고 음식을 하고 설거지를 했다.

겨울을 한 번 그렇게 나고 나서는 어머니와 아버지도 괴로우셨는지, 그 후로 최대한 겨울에는 가스가 끊기지 않도록 애쓰셨다. 즉 봄 여름 가을에는 가스가 끊긴 채 살다가 겨울에만 가스비를 납부해 살았던 것이다. 가스가 끊기면 가스레인지도 안 되니 우리 집에 가스버너와 부탄가스는 필수 구비 품목이었고, 그렇게 사는 동안 어머니와 아버지의 얼굴에는 늘 그늘이 져 있었다. 극도로 예민한 데다 화도 많으셔서 누나와 나는 늘 눈치를 보며 살아야 했다. 오늘은 조용히 넘어가기를 빌며, 생활에 불편한 기색을 보이지 않도록 노력하는 식이었다. 돈을 벌고 싶다는 갈망은 그때 내 안에 가장 큰 목표로 자리했다. 저들처럼 살지 않으리라는 다짐도 그때 함께였다. 습작했던 시와 수필이 아무렇게나 쓰여 있던 노트를 버린 건, 다짐의 증표였고.

＊

초등학교 때부터 시가 좋아서 썼던 글들이 노트 대여섯 개 정도의 분량으로 쌓여 있었다. 그런 글을 쓰는 일이 조금은 창피하기도 해 학교에서는 남몰래 썼고, 집에 와서는 밤마다 대놓고 노트를 펼쳤다. 김형중의 〈그랬나봐〉 UN의 〈선물〉 버즈의 〈겁쟁이〉 등등의 노래를 들으며 실제로는 본 적도 해 본 적도 없는 사랑을 주제로 시를 썼다.

글을 쓰기 전까지는 단 한 번도 궁구해 본 적 없던 감정들을 그렇게 하나하나 뜯어 보기 시작했다. 처음으로 마주하는 감정들과의 서툴고 애틋한 첫 경험 덕분에 당연하게도 이를 주제로 한 글들은 그 한 편 한 편이 내게는 소중한 보물일 수밖에 없었다. 따라서 이 글을 버리는 건 보물을, 한때 곱씹었던 감정을 내버리는 일이라 생각하며 늘 내 몸처럼 아꼈다. 하지만 어느 순간부터 불안해졌다. 계속해서 이런 글만 쓰다가는 아버지처럼 될 것 같았기 때문이다. 아버지 또한 붓펜으로 글을 쓰는 일을 즐기셨다. 이따금 밤에 잠에서 깨 화장실을 갈 때면 아버지가 TV 불빛에 의지해 뭔가 쓰는 걸 본 적이 있다. 가슴팍에 높은 베개를 끼고 엎드려 흰색 줄 노트를 잡고 어떤 글자를 열심히 적고 계셨다. 한번은 그 글이 너무 궁금해 아버지가 없을 때 잠깐 훔쳐보았지만, 몇 글자 읽지 못하고 도로 있던 자리에 끼워 넣었다. 삶과 죽음이라는 글자가 남발되어 있어 나로서는 도저히 아무렇지 않게 읽을 수가 없었기 때문이다.

그때부터 나는 불안을 넘어 글을 쓰는 게 싫어졌다. 가스레인지 위에 가스버너를 올려 국을 끓이던 집에서 그런 글을 쓰는 아버지가 내게 글을 쓰면 안 된다고 말하는 것만 같았다. 글쓰기가 꼭 아버지의 궤를 밟는 것 같았다. 더욱이 시 또한 있으면 좋지만 없어도 사는 데에는 지장 없는 것이니까. 없어도 사는 데 지장이 없으니 돈이 안 되는 것이고. 그런 글을 쓰는 아버지가 이렇게 사는 걸 보며 나는 확신했다.

따라서 금속으로 문학을 한다는 말에서부터 나는 비소를 짓고 무관심해져야 했다. 돈이 안 되는 둘의 만남은 하나로도 벅찬 상황을 더욱 어렵게 만드는 일일 테니까. 하지만 그런 부정적인 생각 속에서도 나는 조금 더 이야기를 들어 보고 싶었다. 구체적으로 어떤 걸 배우는지, 졸업 후에는 어떤 기회를 만나고 쟁취할 수 있는지, 본인이 생각하는 전망은 무엇인지 등등을. 열여덟 살의 선배는 친절하게도 약 2년 동안 학교에서 익

혔던 내용을 먼저 간략히 들려주었고, 장래에 대해서는 자신을 예로 이야기했다.

"저는 졸업 후에 귀금속 공예 학과가 있는 대학에 진학해 공예에 대해 조금 더 깊이 공부해 볼 생각이에요. 디자인을 더 공부할까 공예를 더 공부할까 최근까지 고민했는데, 현재로써는 공예가가 되면 더 좋겠다고 생각해요. 아주 아름다운 것을 그려 내는 것도 좋지만, 아주 아름다운 걸 제대로 구현할 수 있는 실력이 있으면 더 좋겠거든요. 또 금속 공예품은 인위적으로 파괴하지 않는 한 영원에 가깝게 존재할 수 있으니까, 그런 걸 제 손으로 직접 만든다는 게 그림보다 더 매력적이기도 하고요."

이어서 선배는 내 질문이 조금 특이했는지 궁금하면 학교로 찾아와도 된다고 말했다. 방과 후에도 작업을 하기 위해 남아 있는 친구들이 많다고. 특히 공모전 준비로 요즘은 밤까지 남아 있으니 언제든 괜찮다고.

나는 예의상 알았다는 대답을 끝으로 대화를 그만둘 작정이었다. 선배가 말한 예술이란 단어가 얼마나 허황되고 먹고사는 일에 도움이 안 되는지 잘 알고 있었기 때문이다. 내가 가장 고민하고 있는, 돈이 되는 기술은 그곳에 없다고 결론을 내렸다. 그런데, 그런데…… 마음은 조금 다른 듯했다. 한 번쯤은 보는 것도 나쁘지 않겠다고 생각하고 있었다. "파괴하지 않는 한 영원에 가깝게 존재할 수 있다."라는 문장이 자꾸만 눈에 밟혔다. 16년을 꼬박 사글세를 전전하며 남의 것에서 살았고, 그래서 주기적으로 이사를 다녀야 했던 나는 수시로 내 것을 잃어버리고 망가뜨렸으니까. 불변하는 것은 내게 너무나 아득한 것이라서 궁금해졌다. 그 생성의 현장을 엿보고 싶어졌다.

학교를 마치고 집에 온 내 손에는 선배의 '버디버디' 아이디가 적힌 쪽지가 있었다. "밤에는 접속해 있으니까, 혹 구경 오려거든 미리 말해 줘, 기다릴게."라고 말하던 선배의 얼굴이 아무렇게나 찢은 종이 위에 일렁였다. 그날 밤 '접속 중'으로 바뀐 선배의 아이디로 쪽지를 보냈다. 내일모레 저녁에 학교로 가겠다고.

✳

아직 계절이 여름에서 다 넘어오지 못한 듯 가을이 가을 같지 않던 날이었다. 아침에는 비교적 선선하지만 오후가 되면 금세 뜨거워지는, 달궈진 공기가 해가 저물어도 좀처럼 식지 않는 어정쩡한 가을이 계속되고 있었다.

선배의 학교는 버스 정류장에서부터 시작되는 언덕길을 약 10분 정도 걸어 올라가야 겨우 정문을 만날 수 있었다. 본 건물은 정문에서 또다시 몇 분을 더 걸어 들어가야 만날 수 있었고, 그 길은 구불구불하고 가로등 하나 없어 어두웠다. 다행히 저기 밑에 있는 인문계고의 불빛과 저 멀리 빛나는 선배 학교의 불빛, 위에서 비추는 월광으로 길의 윤곽 정도는 겨우 그리며 걸어갈 수 있었다.

배후가 온통 산으로 둘러싸인 학교에 가까워질수록 공기는 점점 차가워져 갔다. 그게 꼭 가을처럼 느껴졌다. 선배의 학교는 저 아래에 있는 모든 것과 사뭇 달랐다. 너무나 작고 어두웠으며, 학교 건물을 빼고는 전부 풀과 나무였고 공기는 찼다. 도로의 소음이 이 언덕만큼은 넘을 수 없는지 사위에는 고요가 내려앉아 있었다. 다만 고요는 정문과 본 건물을 잇는 길에 한정되었다. 운동장에 들어서는 순간 적막은 깨졌다. 학교 안에서 들려오는 괴상한 소리가 산울림이 되어 번지고 있었다. 그것들은 취이익, 사각사각, 수후우, 톡톡톡, 부글부글, 땅땅땅, 이

라는 의성어로 단숨에 쓸 수 있을 만큼 단순명료했다.

중앙 출입구에서 만난 한 선생님께 물어보니 선배는 지하 실습실에 있다고 했다. 다가올 공모전 준비로 몇 명의 학생과 함께 실습실에서 작업을 하고 있다고. 나는 가볍게 목례를 한 뒤 계단을 따라 내려갔다. 지하에 가까워질수록 아까 들리던 소리들은 더욱 강해졌다. 소리의 발원지는 제1 실습실이었다. 나머지 세 개의 실습실은 아예 불이 꺼져 있었다. 선배는 저곳에 있으리라. 똑똑, 하고 문을 열었을 때 선배가 구릿빛 금속으로 뭔가를 열심히 만들고 있는 게 보였다. 선배는 그걸 촛대라고 말했다.


"며칠 후면 공모전 출품 날이라 한창 작업 중이야. 이건 '동'이라는 금속으로 만들었어. 동은 은보다 저렴해서 이렇게 큰 작품을 만들 때 요긴하게 쓰여. 이만한 크기를 은으로 만들려면 돈이 꽤나 많이 들거든. 우리는 필요하다면 정규 수업이 끝난 뒤에도 이렇게 남아서 작업을 하기도 해. 담당 선생님의 허락이 있어야 하기는 하지만 대부분 허락해 주시는 편이야. 그게 공모전 준비라면 더욱이 그렇고. 물론 작업을 하지 않는 학생은 희망자에 한해 인문계고의 야자 시간과 마찬가지로 별도로 마련된 교실에서 공부를 할 수도 있어. 나의 경우에는 작업하는 게 좋아서 이 시간을 온전히 실습실에서 보내고 있지. 정식으로 마련된 실기 시간에는 뭐 하나 싶겠지만 실기 시간 안에 끝낼 수 있는 건 공통 디자인을 작업할 때뿐이야. 자율적인 디자인으로 작업할 때는 개인의 능률이 다 다르니까. 한정된 일과 시간에 못 끝내는 경우가 많아서 누군가는 밤까지 작업을 이어 가기도 해. 나처럼."

선배의 말을 따라가기 급급했던 나의 시선이 문득 선배의 손으로 향했다. 손가락에는 몇 개의 대일밴드와 흉터가 있었다. 작업하다 생긴 상처처럼 보였다. 저 세로로 길게 난 흉터는 톱질을 하다 얻은 것 같았고, 저 빨갛고 동그란 흉터는 화상 자국임이 분명했다. 뜨거운 것에 덴 부위에 물집이 지었다가 터지고 아물면 어떤 모양으로 몸이 그걸 그리는지 알고 있었기 때문이다. 분명 나보다 훨씬 작은 사람이었던 것 같은데. 그런 사람의 손가락이 여기서 지난 2년 동안 이렇게나 망가진 것이다.

나는 궁금하지 않을 수 없었다. 선배는 왜 이렇게 되면서까지 뭔가를 만들려는 걸까. 왜 공예가가 되겠다고 말하는 걸까. 돈도 되지 않는 그런 걸 왜 하겠다는 걸까.

"손이 이렇게 돼도, 돈이 되지 않아도, 좋아하는 거니까 하는 거지. 그리고 아무도 모를 일이잖아? 내가 좋아하는 공예가 돈이 될지 안 될지는. 아직 시간은 차고도 넘치니까, 지금은 하고 싶은 걸 해도 되지 않을까. 하고 싶은 걸 마음 편히 해도 두렵지 않은 순간이 지금 아니면 또 언제 오겠어. 게다가 너는 나보다 2년은 더 시간이 많고. 너도 관심이 있으니 이 밤에 기꺼이 여기까지 온 거 아니야? 하고 싶은 걸 해. 돈을 이유로 하고 싶은 걸 미루지 말고, 할 수 있을 때. 하고 싶어도 할 수 없는 순간에 덜 좌절할 수 있게."

선배의 배웅을 뒤로하고 건물을 나선 나는 선배의 마지막 말이 타인의 사정도 모르는 철없는 소리처럼 들리다가도, 한편으론 자꾸만 듣고 싶어져 속으로 선배의 말을 계속해서 따라 발음했다.

아버지처럼 되는 것이 두려워 좋아하던 글쓰기도 포기한 나이지 않던가. 애당초 공예나 문학이란 건 돈이 안 되니 고려조차 하지 않겠다고 말하지 않았던가. 그런데 그런 내가 굳이 선배의 야간작업을 보겠다며 이곳까지 왔다. 동이나 은 따위가 선배의 가녀린 손에서 영원에 가까운 무언가로 치환되는 모습을 두 눈으로 목격했다. 그 광경은 너무나 생경한 것이면서도 미묘해서 자꾸만 머릿속을 맴돌았다. 나는 무엇을 원하고 있는 걸까.

집으로 돌아가는 길은 아까보다 더 어두웠지만, 역설적이게도 그래서 더 밝기도 했다. 하늘이 더 검어진 만큼 윌강은 뚜렷해지고, 저 밑에서는 잘 보이지 않던 별이 비로소 밝게 빛나고 있기 때문이었다. 숲과 학교가 있던 곳에서 다시 구불구불 길을 따라 언덕을 내려가는 동안 차가웠던 공기가 다시 미지근해지는 것을 느꼈다. 낮 동안 달궈진 공기가 식기에는 아직 시간이 일렀던 모양이다.

길을 건너 반대편에 있는 정류장에서 집으로 가는 버스를 기다렸다. 저 멀리 언덕에서 듬성듬성 빛을 내는 선배의 학교가 보였다. 그 모습이 불현듯 아주 낭만적이라고 생각하며 하늘을 올려다보았다. 즐비한 가로등 불빛의 언저리가 눈에 들었다. 달이나 별은 보이지 않았다. 슈욱슈욱. 자동차가 계속해서 내 앞을 빠르게 지나가고 있었다.

# 밤, 편지를 건네는 밤

▶

그날 밤이었던 것 같습니다. 어린 제가 그 학교에 가기로 마음먹었던 것과 아버지처럼 되는 것이 두려워 포기했던 글쓰기를 다시 하기로 마음먹은 것 모두. 예상대로 그곳에서의 3년은 꽤 즐거웠습니다. 생각 이상으로 낭만적이었고요. 그런 반면에 역시나 안타깝게도 돈은 되지 못했습니다. 이 지면에 농부와 농산물을 이야기하는 사람으로 소개된 저를 보셨다면 일찍이 예상하셨을 겁니다. 중학교 3학년 내내 고민했던 게 억울할 정도로 귀금속 공예를 전공한 자의 1년이 넘는 직장 생활은 극한의 박봉으로밖에 기억되지 않았습니다. 각오하기는 했지만 역시 씁쓸했습니다.

그래도 다행인 건 그 시절에 어렴풋이 꿈꿨던 작가, 그 비스름한 모습 정도는 이룬 것 같기도 합니다. 기꺼이 돈을 주면서까지 제 글을 읽겠다는 사람과 제 글이 필요하다는 사람들이 있으니 말입니다. 이 얼마나 행복한 일입니까. 금액이 얼마가 되었든 누군가가 자신의 한때를 태워 번 돈을 받는다는 게. 행복을 넘어 황송하기 그지없습니다. 저는 지금 독자가 내어 준 시간으로 먹고살고 있다고 해도 과언이 아닙니다.

저는 자주 밤에 남아 작업을 하는 아이였습니다. 네, 학교에서 권고하는 야자 시간을 선배처럼 오로지 작업하는 데에만 쓴 것이죠. 정규 수업이 끝나고 저녁을 먹고 나면 저는 천연스레 작업실로 내려가 뭔가를 만들었습니다. 공모작과 개인 작품 구별 없이 계속해서 불질과 줄질, 망치질을 했습니다. 밤에 작업을 하고 싶어 일부러 복잡한 디자인을 그리거나, 조금 느리게 작업을 해 밤까지 끌고 가기도 했습니다. 가히 병적으로 그곳에서의 밤에 집착했다고 할 수 있겠군요.

유달리 밤에만 작업했던 것에 특별한 이유는 없었지만, 지금 생각해 보면 밤이 되면 날이 서는 감각을 좋아했기 때문인 것 같습니다. 또 낮 동안 내내 소란했던 학교가 밤이 되면 조용해지고, 그래서 잔소음도 유달리 크게 들리는 감각 같은 게 좋았던 것 같습니다.

그런 시간에 놓인 자신을 자각하면, 어린 저는 아마 대단한 무언가가 제 손에서 당장이라도 탄생할 것 같은 기분에 빠졌을 것입니다. 아주 어려운 기법을 성공적으로 해낼 것 같기도, 누가 봐도 아름다운 것을 만들 수 있을 것 같기도 했을 테죠. 그건 글로 치면 내가 내 무릎을 탁 칠 정도의 명문장을 탄생시키는 느낌과 비슷할 것입니다.

그 학교에서의 밤을 기꺼이 허락해 주셨던 선생님께 고맙습니다. 안전상의 이유로 학생 혼자서는 작업하는 걸 제한했던 교칙 때문에 제가 남기 위해선 담당 선생님도 반드시 남아 계셔야 했으니까요. 덕분에 질리도록 많은 것을 만드는 밤을 살았습니다.

피와 땀을 쏟으며 창작을 하던 시간은 여전히 그때가 유일한 시간으로 제게 기억되고 있습니다. 앞으로 제가 그렇게 열정적으로 창작을 하는 시간을 또 만날 수 있을지 모르겠네요. 어느덧 12년이 흘렀습니다. 그래도 아직 남은 생이 많으니 조금은 희망을 가져도 좋을 듯싶습니다. 피와 땀을 흘리며 또 뭔가를 만드는 시간을 기다려 보겠습니다.

◆

하루의 반을 보내고 나면 하늘을 보며 답답한 마음을
풀고 싶었던 사람, 매일의 밝고 따뜻한 순간을
조금이라도 느끼고 싶었던 사람이, 나만은 아니었을 테니까.
그 애도 헛헛한 마음을 달래러 점심시간이면 옥상에 올랐던 거겠지.

# 불꽃놀이

최지혜

**최지혜**

고등학교에서 국어를 가르친다.
시 수업 이야기를 담은 에세이 『좋아하는 것은 나누고 싶은 법』을 썼다.
심야 라디오 방송을 즐겨 들으며 자랐다.

눈빛에 마음을 빼앗긴 적이 있다. 지금도 여전히 눈빛에 약한 편이다. 좋아하는 배우가 마블 영화에 출연해 양팔에 팔찌를 끼우고 우스꽝스러운 무예를 한다고 해도, 어제만 해도 다리에 몸을 비비던 동네 고양이가 어느 날 갑자기 새침하게 돌아선다고 해도 그 촉촉한 눈망울을 다시 마주하면 가슴이 녹아 버리고 만다.

스무 살의 내가 눈빛 운운하며 심장을 내놓은 건 입시 학원 옥상에서였다. 그 애를 만나기 전까지는 매일 지루한 수험 생활이 이어지고 있었다. 경기도 수원에서 서울로, 친구들은 지하철을 타고 대학에 갔지만 내 목적지는 노량진에 있는 입시 학원이었다.

아침마다 역에 열차가 멈추면 쏟아지는 인파를 따라 육교를 건넜다. 육교 위에는 무가지 신문이나 학원 전단을 나누어 주는 사람들, 김밥이나 샌드위치, 떡 같은 간단한 먹거리를 파는 사람들이 간격을 두고 서 있었다. 그중에서 샌드위치를 파는 여자는 내 또래로 보였는데 준비해 온 샌드위치 두 개가 다 팔리면 자리를 뜨는 것 같았다. 주섬주섬 물건을 정리해 자신의 검은 백팩에 넣고는 다시 인파 속으로 사라지던 뒷모습이 떠오른다. 그 사람도 공부하는 사람일까. 그런 생각을 하며 하루를 시작했다.


장소만 바뀌었을 뿐 고교 생활의 연장이었다. 아침 아홉 시부터 다섯 시까지 수업을, 저녁 식사 후에는 다시 열 시까지 자습을 하는 일과였으니까. 학원은 규모가 커서 문·이과를 합쳐 40개가 넘는 반이 있었고, 한 반의 수강생은 60명 남짓. 좁은 건물 안에 있는 수많은 청년들이 명문대 입시를 목표로 하고 있었다. 우리는 서로의 이름을 몰랐지만, 매월 모의고사가 끝나면 1등부터 100등까지의 이름이 현관 옆 게시판에 대자보로 붙었으니 서열은 눈에 보이는 것이었다. 그 안에 드는 건 꿩

장히 높은 점수를 의미했고, 내게는 먼 세상의 이야기였다.

한 해 더 공부를 해도 모의고사 등급은 쉽게 오르지 않았고 특히 수학은 늘 괴물 같았다. 그건 내가 가진 작은 칼로 아무리 찔러도 꿈쩍 않는 거대한 문지기 같아서 결국 나는 지쳐 제자리로 돌아올 수밖에 없었다. 좌절의 경험은 반복해도 적응되는 것이 아니었다. 그렇게 학원 안에서 익명의 나는 매일 조금씩 작아지고 있었다.

✳

정세랑의 소설 『보건교사 안은영』에는 정체 모를 젤리가 등장한다. 이야기를 따라가다 보면 젤리의 정체가 욕망의 잔여물이라는 걸 알게 되는데, 만약 그런 말랑말랑하고 기괴한 것이 실재한다면 당시 학원 건물에는 발 디딜 틈 없이 무수한 젤리가 둥둥 떠 있고 바닥에 눌어붙고 벽 전체에 흘러내렸을 것이다. 그 욕망이 꼭 명문대 입시 성공에만 있을 리는 만무하다. 스물, 스물하나가 대부분이던 학원 생태계 안에서는 뭔가 들끓고 있었다고 조심스레 짐작해 본다. 일단 나부터가 그랬으니까.

나는 교실에서 점심 도시락을 먹었다. 밥에 마른반찬 몇 가지. 혼자 먹었기 때문에 식사는 금방 끝났다. 책상에 그대로 앉아 있자니 속이 더부룩하고 답답했다. 창가라도 트여 있으면 좋으련만 교실 창문은 마지막으로 닦은 게 언제인지 누런빛을 띠고 있어 밖을 보기 어려웠다. 교실을 벗어나 복도에 나오면 너무 많은 사람들이 있었으므로 마음 풀 만한 곳이 못 되었고, 건물 밖은 차가 쌩쌩 달리는 도로였다. 그곳이 학교와 닮았으면서도 다른 점 중 하나는 운동장이 없다는 거였다.

그래서 옥상에 자주 올라갔다. 거기 서서 아래를 내려다보면 비슷한 건물이 수없이 많았다. 그 안에는 나 같은 수험생들이 있을 거였다. 이름은 다르더라도 어떤 시험인가를 준비하는 많은 이들이. 우리는 무엇을 바라고 여기에 있나, 그런 생각을 하면 쓸쓸해졌다. 그러나 고개를 들면 하늘만은 탁 트여 있었다. MP3에서 흘러나오는 음악을 들으면서 한낮의 하늘바라기를 하는 건 하루 중 두 번째로 좋아하는 일이었다. 그 순간에는 구름의 모양이 천천히 변하는 걸 보거나 매일의 온도를 직접 몸으로 느낄 수 있었으니까.

그렇다고 옥상 환경이 좋은 건 아니었다. 회색 콘크리트에 간 금이 적나라하게 보이는 건물의 실체 위로 젊은 흡연자들이 우글거리고 있었다. 학원 안은 금연이었고 유일하게 옥상만 흡연이 허락된 곳이었기 때문이다. 나는 비흡연자였지만 그때는 간접흡연도 나쁘지 않다고 느꼈는데, 담배를 피워 보고 싶은 마음이 있었던 건지도 모르겠다. 나는 그렇게 은근한 담배 냄새를 즐기면서 옥상 산책을 계속했다.

하루는 흡연자 무리 중 한 사람과 눈이 딱 마주쳤다. 연노란색 폴로 티셔츠를 입은 애였다. 큰 키에 호리호리한 체격, 헝클어진 듯 자연스럽게 내려온 머리카락이 분위기 있어 보였다. 누굴까. 처음 보는 얼굴이었다.

나는 깜짝 놀라 눈을 피했다가 다시 그 애가 있는 쪽으로 고개를 돌렸다. 이럴 수가. 여전히 내 쪽을 쳐다보고 있는 게 아닌가. 그때부터 심장이 방망이질하듯 뛰기 시작했다. 순간 정적. 조금 전까지 이어폰에서 흘러나오던 음악이 음소거 된 듯 조용해졌다. 같은 상황은 다음 날에도, 그다음 날에도 반복되었고 다시 마주친 그 애는 조금 더 특별해 보였다. 하얀 얼굴과 날렵한 턱선, 담배를 피우는 긴 손가락이 아름다웠다. 가로로 긴 눈이 날카로우면서도 촉촉해서 말을 거는 듯한 인상마저 주었다. 나는 점점 더 적극적으로 그 애를 관찰했다. 거리를 좁히지는 않되 눈을 피하지도 않으면서.

그 애는 왜 계속 나를 쳐다보는 걸까? 혹시 나에게 관심이 있나? 뭔가 하고 싶은 말이 있는 건 아닐까? 있다면 과연 어떤 말을 하고 싶은 거지? 좋은 마음으로 나를 봤는데, 내가 너무 무뚝뚝한 표정으로 노려본 거면 어떡하지?

혼자만의 상상이 계속되었다. 누군가를 보고 가슴 뛰게 설렌다는 느낌을 받은 것이 오랜만이었다. 지금 생각해 보면 뭘 알고 그리 흥분하며 마음을 빼앗겼나 싶지만, 그때의 나는 누군가를 좋아하는 일이 너무 쉬웠다. 누군가 무거운 짐을 들어 주는 작은 친절을 베풀었다거나, 오랜만이라며 안부를 묻는 문자 메시지를 보냈대도 마음이 흔들렸을지 모른다. 긴 눈 맞춤. 그것도 사흘을 연달아! 그건 내게 큰 사건이었다.


나는 내게 일어난 사건을 D에게 털어놓았다. D는 이과 16반 사람들 중에 나의 유일한 대화 상대였다. 우리는 이름이 마지막 한 글자만 빼고 같았다. 학원에서는 이름순으로 자리 배치를 하고 수강생들을 관리했기 때문에 짝은 앞으로도 계속 D일 것이었다. 서울 출신이었던 D는 학원에 나 말고도 같은 고등학교 출신의 친구들이 있어 점심은 그들과 먹었다. 대신 저녁은

나와 함께해 주었다. D와 함께하는 저녁 식사 시간이 하루 중 내가 가장 좋아하는 시간이었다.

그날은 옥상에서 세 번째 눈 맞춤을 한 날 저녁이었다.

"좋아하는 사람이 생겼어."

"진짜? 누군데? 우리 반이야?"

"아니. 몇 반인지는 모르겠어."

그랬다. 나는 이름은커녕 그 애가 몇 반인지도 몰랐다. D에게 모른다는 말을 내뱉은 순간 깨달았다. 좋아한다고 말하기엔 그에 대해 너무 아는 게 없다는 걸. 궁금한 게 많았지만 말을 붙일 용기는 부족했고, 그저 온몸이 젤리로 변한 것만 같았다. 발이 땅에 닿는 촉감이 이전과 달랐고 흑백이던 눈앞의 풍경이 컬러가 되어 살아 움직이기 시작했다.

\*

그날 이후 나는 아무도 몰래 추적을 시작했다. 쉬는 시간과 점심시간에는 많은 사람들 속에서 그 애를 찾기 위해 잠복 중인 수사관처럼 눈동자를 굴렸고 옥상에 가는 일도 게을리하지 않았다.

그런데 어째서인지 며칠째 그 애가 보이지 않았다. 시간이 얼마나 흘렀을까. 자판기에서 음료수를 뽑으려다 줄이 너무 긴 나머지 무심코 한 층 위로 올라갔을 때, 그 애를 발견했다. 그리고 드디어 알아냈다. 몇 반인지를.

무더위가 점점 더 심해지면서 반에는 결석생이 하나둘 늘었다. 체력이 떨어져 며칠 쉬는 사람, 냉방병에 걸린 사람, 2학기에는 다시 다니던 대학으로 돌아간다는 사람도 있었다. 냉방병에 걸릴 만도 한 것이 에어컨을 너무 강하게 틀어 담요 없이는 교실 안에 앉아 있기가 힘들 지경이었다. 그즈음에는 정오가 지난 시간 옥상에 올라가면 후끈한 기운이 끼쳤지만, 나는 그 뜨거운 열기가 오히려 좋았다. 습하고 어두운 실내에서 버섯처럼 음침하게 자라고 있던 마음을 햇볕에 산뜻하게 말릴 수 있었기 때문이다.

나는 루시드폴의 〈보이나요〉와 〈오, 사랑〉을 반복해서 들으며 고백 방법을 궁리했다. 꼭 데이트를 하지 않아도, 네가 궁금하다고 친구 하고 싶다고 말하고 싶었다. 우선 휴대폰 번호를 물어볼까, 쪽지를 쓸까, 더우니까 아이스크림을 건넬까. 생각은 꼬리를 물더니 무리수를 던지는 데까지 나갔다. 곧 복날이니 프랜차이즈 치킨집에서 치킨 버킷을 포장해 선물하는 건 어떨까! 신선한 고백 방법을 찾는다고 고민하면서도 수험생에게 연애는 사치겠지, 여자 친구가 있으면 어쩌나 하는 걱정도 동시에 했다.


그날 저녁에는 외식을 하자고 D를 불러냈다. 우리는 학원에서 가장 가까운 중국집으로 향했고 그날은 호사스럽게 짜장면과 볶음밥, 탕수육 세트를 주문했다. 탕수육 그릇에는 먹음직스러운 과일 그림이 그려져 있었다. 나는 D의 취향대로 소스를 끼얹어 고기에 눅눅하게 배어들도록 천천히 젓가락을 놀렸다.

"무슨 일인데."

"나 한 번만 도와주라."

"무슨 말이야. 더 자세하게 이야기해 봐."

"저번에 말한 사람 말이야. 몇 반인지까지는 알아냈거든. 이제 이름을 알아야겠어."

D는 나의 은밀한 수사 진행 상황과 단호한 태도에 깜짝 놀라며 물었다.

"대박. 가서 물어보려고?"

"아니. 그건 못 하겠고. 그래서 말인데……"

작전은 따로 있었다. 자습 종료를 알리는 열 시 종이 울리면 수강생들은 썰물처럼 건물을 빠져나간다. 학생들이 전부 나가고 난 후에는 수위 아저씨가 천천히 교실을 순찰하면서 시건 장치를 확인한다. 그러니까 그 둘 사이의 공백, 사람들이 나가고 아저씨가 올라오기 전까지의 시간에는 틈이 생긴다. 그때 교탁에 붙어 있는 자리 배치표를 떼어 내자는 게 나의 계획이었다. 이야기를 들은 D는 어이없다는 표정을 지었으나, 곧 "너 혼자 빈 건물에 남아 있음 무서울 거 아냐." 하고 말하며 선선하게 공범이 되어 주기로 했다.

그날은 유난히 시간이 빠르게 흘러 곧 열 시 종이 쳤다.

우리는 일부러 천천히 가방을 챙겨 위층으로 향했다. 그리고 화장실에 머물면서 복도에 사람이 빠지기를 기다렸다가 조용해진 틈을 타 바깥으로 나왔다. 다행히 더 남아 있는 사람은 없었다.

D가 망을 보는 사이, 나는 독수리가 먹잇감을 채듯 자리표를 뜯어냈다. 셀로판테이프로 단단하게 고정되어 있어서 뜯고 나니 종이가 너덜거렸다. 5분도 채 되지 않는 사이에 일어난 일이었다. 그러고는 화장실에 다녀온 척 유유히 수위 아저씨 옆을 지나쳐 학원 건물을 빠져나왔다. 대로변으로 나온 후에야

막힌 듯했던 숨이 쉬어지고 웃음이 터졌다.


"우아. 작전 성공이다."

내가 실없는 소리를 했더니 D가 의아해하며 물었다.

"근데 그 사람 자리가 어딘지는 알지?"

"아니."

나는 교실에 들락거리는 어깨만 보았지, 그 반에 고개를 내밀고 자리를 확인할 배짱은 없었던 거였다.

"여기 표에는 사람이 60명 넘게 있는데 이제 어쩌려고?"

"다 방법이 있어."


✳


그랬다. 내겐 다 계획이 있었다. 2005년의 우리에게는 싸이월드가 있었으니까. 집으로 돌아온 후 씻는 둥 마는 둥 하고 컴퓨터를 켰다. 구겨진 자리표를 잘 펴서 책상 한쪽에 붙이고는 싸이월드의 사람 찾기에 태어난 해와 이름을 입력해 그 애의 미니홈피를 찾아낼 계획이었다.

그러나 나이가 동갑이라는 확신도 없는 데다, 사람의 이름이란 생각보다 흔한 경우가 많아서 검색 결과가 서너 페이지를 넘어가기도 했다. 검색 시간은 생각보다 길어졌고, 시간은 새벽 두 시를 넘어가고 있었다. 무엇보다 그 애가 미니홈피의 주인임이 드러나는 사진을 올렸을 거라는 확신도 없는 거였다. 그렇게 된다면 그동안의 수고는 모두 물거품이 되고 만다. 불안감이 점점 커졌고 잘 시간을 한참 넘겨 목이 뻣뻣해지며 눈이 벌게지던 새벽녘이 되어서야, 드디어 그 애를 찾았다.

그 애의 성은 '이' 씨였다. 자리 배치가 이름순이었으니 'ㄱ'부터 'ㅇ'까지의 기나긴 여정 끝에 그 애의 작은 세계를 발견한 거였다.

나이는 스물하나. 내 나이인 스무 살을 기준으로 시작해 연도까지 바꿔 가며 간신히 발견한 눈물의 수확이었다. 그러나 기쁨과 좌절은 동시에 왔다. 에픽하이의 노래가 배경 음악으로 흐르는 그의 홈피 대문은 커플 사진이 장식하고 있었던 것이다. 여자 친구가 있을지도 모른다고 분명히 상상해 봤으면서도 가슴이 뻥 뚫린 듯 허탈한 건 어쩔 수 없었다. 그날은 어떻게 잠이 들었는지 기억나지 않는다.

하루가 다시 시작되었다. 몇 주 동안 붕 떠 있던 몸이 착, 하고 바닥에 붙은 듯했다. 알람 소리에 눈을 떠 간신히 일어났지만 지각이었다. 나는 아침도 거르고 허둥지둥 집을 나섰다. 허기가 져서일까. 무슨 이유에선지 육교 위 여자가 파는 샌드위치가 생각났다. 하루에 단 두 개뿐인 샌드위치를 꼭 먹고 싶다는 생각이.

그날 아침 육교에 도착했을 땐 다행히도 샌드위치 두 개가 그대로 남아 있었다. 나는 4천 원을 내고 두 개를 다 사서는 샌드위치를 우적우적 씹으며 걸었다. 수산시장 방향에서 불어오는 비릿한 냄새를 맡으면서. 왠지 모르게 짠맛이 나고 목이 멨다. 매일같이 반복되는 아침과 함께 시시한 내 스무 살의 짝사랑은 그렇게 끝이 났다.

우스운 건 한동안 소란을 벌였는데도 몇 주 지나고 나니 모두 없던 일처럼 되어 버렸다는 사실이다. 그 애를 정말 좋아하긴 한 걸까. 단순히 에너지를 쏟을 누군가가 필요했던 건 아니었을까. 마음 쏟을 데를 찾아 안달 났던 건 외로움 때문이었을까. 외로움이나 짝사랑이라는 단어로 압축하기에는 음흉하고 이상한 모양의 마음이어서 이 글을 쓰는 내내 부끄럽지만 말이다.

그렇다고 하더라도 분명 누군가에게 뜨거운 관심을 두고 설레던 몇 주간은 수많은 사람들 중 '익명1'이 아니라 나 자신으로 살아 있었다. 상상 속에서 발라드 노랫말의 주인공이 되었다가 라디오 사연 속 인물이 되었다가 하면서 하루가 길게 늘어난 기분을 느꼈으니, 무의미한 눈빛을 건네준 그 애에게 고맙기도 하다.

＊

싸이월드 추적 사건 이후 옥상에는 잘 올라가지 않게 되었다. 더위가 한풀 꺾이면서 수능 시험이 코앞으로 다가온 데다 D가 동창 중 한 명과 다투면서 점심 저녁을 모두 나와 함께 먹게 되었기 때문이다. 점심을 먹고 나면 우린 복도나 매점에서 수다를 떨었다. 주로 고등학교 시절 이야기였는데 분명 다니는 동안 지긋지긋했던 일상이 돌아보니 애틋했다.

지나고 나면 다 추억이 되는 걸까. 인생에서 '아무것도 한 것 없음'으로 기록될 것만 같은 올 한 해도 지나고 나면 다르게 기억될까 하면서. 결국 치킨 버킷도 D와 함께했다. 콜라는 라지 사이즈로, 비스킷도 넉넉하게 주문했다. 달콤하고 기름진 게 최고야, 친구와 함께라면 더더욱 바랄 게 없었다. 나는 기름 묻은 손가락을 티슈에 닦으며 비장하게 말했다.

"나 이제 옥상 절대 안 갈 거야."

"너 여기서 유일하게 좋아하는 데가 거기 아냐?"

"그랬는데, 이제 안 가려고. 내가 또 간다고 하면 제발 말려라."

"그게 그냥 되겠냐. 벌금 걸자. 얼마 할래?"

D는 치밀한 구석이 있었다. 나는 거금 만 원을 걸고 지키라는 친구의 말에 "그쯤이야!" 하며 새끼손가락을 걸었다.


그런데 그해 가을, 딱 한 번 옥상에 올라간 날이 있다.

10월의 여의도에서 불꽃을 쏘아 올리는 날. 그날만큼은 학원 수강생 대부분이 옥상에 가거나 바깥으로 나간다. 학원 옥상은 불꽃놀이 명당이라는 소문이 이미 자자했고 학원 선생님들도 자습 중간에 학생들이 이탈하는 걸 눈감아 주었다. 자습을 하던 중 밖에서 쿵, 하고 소리가 났다. 그건 불꽃놀이가 시작되었음을 뜻했다. 사람들은 하던 공부를 멈추고 책상 위에 있는 것은 그대로 올려둔 채 우르르 옥상으로 향했다.

화려한 불꽃이 하늘에서 쏟아져 내리고 있었다. 붉고 둥근 것이 꽃처럼 터졌다가 노란빛의 긴 형태가 되어 폭포같이 내리뻗었다. 작은 불꽃들이 순서대로 파바박 터지기도 했다. "와!" 하고 탄성이 절로 나왔다. 높은 곳에서 보는 불꽃놀이란 이렇게 멋진 거구나.

그리고 눈앞에는 나처럼 검은 하늘을 올려다보고 있는 수백 개의 뒤통수가 있었다. 사진이나 동영상을 찍기도 하고, 터지는 순간에 맞춰 다 같이 환호하기도 하면서. 나름의 작은 축제가 학원 옥상에서 열린 것이다. 방금까지 책상 위에 고개를 숙이고 있던 머리. 그 머리들 위로 크고 환한 빛이 터졌다가 곧 작은 불티가 되어 사라졌다.

문득 저 사람들 속에 눈 맞춤의 그 애도 있을까 궁금해졌다. 그날 교실에 남아 있는 사람은 거의 없었으니 아마도 멀지 않은 어딘가에 서 있을 거였다. 그렇게 생각하니 입가에 미소가 번졌다. 하루의 반을 보내고 나면 하늘을 보며 답답한 마음을 풀고 싶었던 사람, 매일의 밝고 따뜻한 순간을 조금이라도 느끼고 싶었던 사람이, 나만은 아니었을 테니까. 그 애도 헛헛한 마음을 달래러 점심시간이면 옥상에 올랐던 거겠지.

우리는 모두 반짝이는 순간을 꿈꾸면서 각자의 삶을 견디고 있었다. 그러는 동안 지나고 나면 아무것도 아닐지도 모를 시시하고 빛나는 하루가 흘러갔다. 나는 그런 생각을 하면서 밤하늘을 배경으로 둥둥 떠 있는 뒤통수들을 가만히 바라보았다.

## 밤, 수학여행의 밤

●

수학여행에 다녀온 아이들에게 "어디가 가장 기억에
남아?" 하고 물으면 대개 이런 답변이 돌아온다.

"여행 가는 버스 안이요."

"숙소요."

그 어떤 멋진 풍경보다도 친구와 함께 보낸 시간이 즐
거운 아이들. 하긴, 생각해 보면 나도 수학여행의 설악
산 등반 코스에서는 꾀병을 부리고 이탈했으면서 숙소
에선 밤이 꼴딱 새도록 놀던 고등학생이었다. 아이엠그
라운드나 마피아 게임 같은 건 밤새 반복해도 지겹지 않
았고, 더 깊은 밤에는 무서운 이야기도 빠질 수 없었다.

가위눌린 경험이나 귀신을 본 이야기, 학교 전설 같
은 걸 하나씩 꺼내어 이어가다 보면 등골이 오싹. 그 무
서움을 덜어 내기 위해서는 더 많이 웃어야 했으므로 다
시 게임이 시작되었고…… 어느샌가 동이 트고 있었다.

✦

야간 자율 학습이 끝나고 어두컴컴하다 못해 사위가 분별되지 않던,
그 변방의 학교에서 느꼈던 어둠을 아직도 생각한다.
그 어둠을 계속 부딪쳐 켜고 싶었던 빛 하나가 있었다면,
색깔 하나가 있었다면 그것은 계피색이었을 것이라고.

계
피
색  꿈

서윤후

서윤후

시와 산문을 쓰며, 책 만드는 일을 하고 있다. 밤에만 밝아 오는
인간의 몇몇 현상에 관심이 많다. 용서를 구하게 되거나, 고백에 임박하거나,
나에게 솔직해지는 밤의 신비로움을 믿기 위해 자주 커피를 마신다.

## 과거 미만의 삶

　나는 나의 과거가 대체로 아름답지 않다는 점을 사랑한다.
극적인 서사가 있는 것도, 귀감이 될 만한 이야기가 되는 것도
아니라는 점에서 불완전하게 끝나 버린 과거를 사랑한다. 그때
로 돌아가야만 만날 수 있는 사람과 장소가 있다는 것도, 지금
은 그것을 연장할 수 없다는 것도 만족스럽다. 그게 과거와 나
의 단절이 아니라, 과거와 내가 서로 어떻게 예우를 갖추며 살
아가는지 그 방식의 형태로 이해하고 싶다.
　그런 점에서 계피색 꿈이다. 계피색이라는 말은, 폴란드 출
신의 소설가 브루노 슐츠의 동명 소설 『계피색 가게들』에서

가져왔다. 이는 본래 '육계색'(계수나무 껍질의 빛깔과 같이 검붉은 빛을 띤 누런색)으로 번역되곤 했는데 지금은 계피색으로 표기되는 듯하다. 소설을 통해서 느낀 계피색이라는 애매하고 모호한 색깔은 나를 슬프게 했다. 이것도 저것도 아닌, 완연하지 못한 채로 저물어 가는 어떤 색의 이름을 계피색이라고 부르는 게 어색하지 않고 자연스러워서, 그게 슬펐다.

계피색으로 점철된 과거의 몇 점을 불러와 이야기로 부풀리는 동안 나는 달콤하고 쌉싸름한 시간 속에 있었다. 그때 꾼 것은 꿈이 아니라 꿈이 되고 싶은 마음 그 자체였던 것 같았으니까. 마치 자격은 누구에게나 주어져야 한다고 외치는 일과 다르지 않았으니까 말이다.

슬픔 없이 이야기하고 싶다. 특히 과거에 대해서만큼은. 주변 사람들은 과거 이야기하기를 별로 좋아하지 않는다. 나이가 들면 어차피 하게 될 레퍼토리라서? 너무 많은 슬픔이 점거하고 있어서? 과거를 현재로 불러올 때 과거의 예우를 갖추지 않게 되어서? 잘 모르겠다. 내 계피색 꿈은, 아직도 여전히 누군가가 꾸고 있을 꿈이다. 지금의 내가 이루지 못한 꿈이기도 하고, 내일의 내가 덥석 덧칠할 꿈일 수도 있을 것이다. 야간 자율학습이 끝나고 어두컴컴하다 못해 사위가 분별되지 않던, 그

변방의 학교에서 느꼈던 어둠을 아직도 생각한다. 그 어둠을 계속 부딪쳐 켜고 싶었던 빛 하나가 있었다면, 색깔 하나가 있었다면 그것은 계피색이었을 것이라고.


## 시인과 푸른 봉고차

뭐든지 어중간했던 아이. 너무 조용하게 있어서 있는 듯 없는 듯 그렇게 희미해져 가는 이름을 쥐고 있던 아이. 연합고사에서 커트라인 점수로 간신히 인문계 고등학교에 입학한 아이. 잘하는 것도 못하는 것도 없이 애매한 꿈 앞에서 자주 어딘가를 접질리던 아이.

그런 내게도 꿈이 하나 있었는데, 그건 시인이 되는 것이었다.

내게 시인이란 '용건만 자세히' 말하는 사람이었으니까. 멋있었으니까.

잘 모르겠지만 그 분명함이 좋았다. 다 말하지 않고도 충분하게 언어를 쏟아 낼 수 있다는 사실을 동경했다.

지방 작은 소도시, 외곽 변두리에 위치한 남자 인문계 고등학교. 대학 입시에 혈안이 된 선생님들이 테니스 라켓을 하나씩 들고 등교하는 아이들의 정수리를 공처럼 튀기던 시간. 머리가 테니스 라켓을 넘어 조금이라도 솟아나 있으면, 두발 규정에 어긋나 그날은 종아리가 터지는 날. 명찰이며 교복이며 선생님 눈 밖에 나게 되면 몸 어딘가 붉게 그을리지 않고는 끝나지 않았던 기나긴 아침과 달리 저녁은 오히려 평온했던 것만 같다.

일찌감치 갈 길이 정해져 있던 나는 야간 자율 학습 시간에 시를 썼다. 물론 대놓고 마음대로 쓰지는 못했다. 면학 분위기를 망칠 수도 있고, 시만 써서는 안 되니 공부도 하라는 선생님들의 의견이 지배적이기 때문이었다. 우리 반 사정을 잘 모르는 선생님에게는 내가 그야말로 허울 좋게 시간을 죽이는 아이처럼 보였을 테니까 적절한 요령이 필요했다.

두꺼운 종이를 오려 기타 줄을 그리고, 열심히 코드를 외우던 애들은 매일 같이 불려 나가 혼이 났다. 허락을 맡고, 맡아도 막상 눈앞에서 기타 치는 시늉을 하고 있는 모습을 보면 선생님의 화가 치밀어 오르기 때문이었을까.

미술을 전공하던 애들은 수학 공식으로 빼곡한 연습장 뒤에 몰래 데생을 했지만, 그것마저 들키면 그저 낙서하는 아이로 전락해 버렸다.

우리가 하고 싶어 하는 것이 이곳에 없다는 게 신기하고 난
감했다.

각자에게 맞는 것을 찾아서 했다. 몰래. 마음 놓고 할 수 있는
게 공부밖엔 없었는데, 우리가 하고 있던 것은 그럼 공부가 아
니고 무엇이었을까.

시를 쓰던 나는 학교 공문으로 오는 전국 백일장, 글짓기 공
모전 소식을 알기 위해 자주 교무실을 들락날락했다. 삼엄한
교무실의 분위기 속에서 잘 모르는 담당 선생님을 찾아가 매일
같이 공문을 받아다 일정을 확인하곤 했다. 선생님은 교내에서
시를 쓰는 사람이 딱 한 사람뿐이라서, 공문을 전해 주는 일을
무척 귀찮아했다. 눈치껏 그 후로는 더 이상 찾아가지 않고, 인
터넷에 올라오는 정보로 대신했다.

백일장 예선으로 처음 보낸 작품이 통과되었다는 결과를 교
무실에서 전해 듣고 오는 길이었다. 한 선생님이 구름다리 위
에서 담배를 피우며 나를 불러 세웠는데, 처음 보는 선생님이
었다. 명찰에 적힌 내 이름을 또박또박 불러 주며 시를 쓰는 게
재미있느냐고 물었다. 기회가 된다면 나의 시를 한번 읽어 보
고 싶다고.

네가 쓴 시를 읽어 보고 싶다는 말은 좀 설레는 말이었다. 일

종의 고백처럼 들렸다고나 할까. 기꺼이 나의 혼잣말을 들어 주겠다는 말처럼 들렸다. 그날부로 가슴 뛰는 일이 하나 더 늘어난 것이었다. 예술고등학교에 다니면서 시를 배우고 쓰는 친구들을 무척이나 부러워하던 와중에, 나는 시를 배울 수만 있다면 어디든 가고 싶었다. 시를 어떻게 써야 하는지 알려 주는 사람이 없어서, 나는 서울에 있는 문예창작 입시 학원 인터넷 카페에 가입해 상담받는 척 거기에 올라와 있는 자료를 몰래 다운받아 읽어 보기도 했다.

선생님은 야간 자율 학습 감독이라 자주 늦게까지 교무실에 남아 있었다. 나는 야간 자율 학습이 시작하기 전에 찾아가서는 항상 한두 시간 정도 시에 대한 이야기를 나누고 돌아왔다. 말없이 은밀히 어딘가 다녀오는 나를 보고 친구들은 모두 의아해했다. 비밀 연애를 하는 것 같은 기분이기도 했다.

선생님은 문장 하나, 단어 하나 빠짐없이 읽어 주었다. *이런 시어는, 너와 어울리지 않는다, 네 나이에 맞는 이야기를 찾아보는 게 어떨까? 이 표현은 너무 좋아서 자기 전에도 생각이 날 것 같다.*

처음 느껴 보는 기분이었다. 이해받는다는 것은, 좋은 일이었다.

선생님은 퇴근길, 자신의 푸른 봉고차에 탄 채로 야간 자율학습이 끝나 통학 버스를 타러 가는 나를 불러 세운 적도 있었다. 커다란 엔진 소리 사이로 목에 힘주어 내 이름을 부르고는 내가 쓴 시어 중 하나를 이야기하며, 자기라면 다른 시어를 써 봤을 것 같다는 말. 여러 예를 들면서 말이다. 나는 그게 차에 탄 채로 불러 세울 정도로 중요하고 긴급한 일인가? 싶기도 했다. 그러나 정말 좋아하면 언제 어디서든 불러 세울 수 있고, 정말 좋아하면 언제 어디서든 돌아볼 수 있는 것이 아닐까. 지금 생각하면 그때의 내가 멈춰 서서 뒤돌아볼 수 있다는 게 좋았다.

선생님은 내가 고등학교를 졸업하고 대학에 입학하던 해에, 신춘문예에 당선되며 시인으로 데뷔했다. 나는 그 소식이 무척 기뻤다. 신문에서는 '늦깎이 시인'으로 소개되고 있었다. 반가운 마음에 선생님께 전화를 걸어 담백한 축하 인사를 건넨 기억이 난다. 수업 한번 받지 않았지만, 야자 시간을 빌려 서로의 시에 대해 이야기하고, 떠들었던 그 시간이 쌓여 서로의 밝은 부분을 비춰 볼 수 있다는 그 사실이 좋았다. 한 해가 훌쩍 저물고, 나는 한 문예지로 등단을 하게 되었다. 이듬해 선생님은 갑작스러운 지병으로 돌아가시게 되었다.

나는 가끔 선생님의 푸른 봉고차를 생각한다.

요란한 엔진 소리와 칠이 벗겨져 가는 칙칙한 푸른색의 작은 봉고차.

오래되고 낡은 선생님의 자동차를 생각하면, 눈앞이 캄캄해진다. 어둠 속에서 나를 찾아 불러내며 우리가 간직하고 있던 시어를 투명하게 들려주던 선생님의 목청을, 어중간하고 늘 애매했던 나의 위치를 시라는 언어로 정확하게 불러 주던 한 사람을 생각하면 꿈속에서라도 전조등을 켠 채 나를 기다리고 있는 오래된 푸른 봉고차가 함께 따라온다.


## 밤을 가로지르는 용기

서로의 학교는 10분 거리에 있었다. 우리는 야간 자율 학습을 끝마치고 만나 함께 버스를 타고 집이 있는 방향으로 돌아왔다. 밤 열 시가 넘어서야 학교에서 나왔으므로, 집에 곧장 갈 수밖에 없었다.

서로 다른 교복을 입고, 손을 잡고 걷는 일은 무척 두근거리는 일이었다. 그땐, 그렇게 걷는 것만으로도 좋았다. 한 번은 네가, 한 번은 내가 서로의 집 앞까지 바래다주면서 끝나지 않는 끝말잇기를 하거나, 시시한 학교 이야기를 하거나, 막연한 미래에 대해 거창하게 떠들곤 했다.

우리가 서로를 얼마나 좋아하는지에 대해서는 말하지 않았다. 야자 시간에 적고 그린 연습장 편지를 건네주는 일로, 이어폰을 나눠 끼고 좋아하는 노래를 함께 듣는 일로 대신 대답해 왔던 것 같다.

그날은 11월 11일 빼빼로 데이였다. 평소처럼 야간 자율 학습을 하고 있었는데, 창가에 앉은 몇몇 친구들이 창밖을 보며 수군거리고 있었다. 어떤 여자애들이 운동장을 가로지르며 맴돌고 있다고. 미친 거 아니냐고, 속삭이고 있었다. 남고에 여학생의 등장은, 그 자체만으로도 관심거리였으니까. 나는 대수롭지 않게 생각하고 있었는데 책상 속에서 휴대폰 진동이 작게 울렸다.

"아, 겁나 쪽팔려."

그 아이의 문자 메시지였다. 이 시간에 연락이 올 일이 없는데 이상하다고 느꼈다. 창가에 앉아 운동장 쪽을 바라보며 구경하는 친구가 하나둘 더 늘어나고, 나는 왠지 불길한 예감이 들었다.

"설마, 지금 운동장?"

"맞아."

순간 얼굴이 빨개졌다. 그의 평소 성격이라면 아주 근면하고 성실하지만 대찬 구석도 없지 않아서, 야자를 빼먹고 남자고등학교 운동장을 가로지를 만했다. 예고된 일이 아니라서 당황해하다가, 쉬는 시간이 되자마자 운동장으로 달려 나갔다.

친구와 동행한 그는 빼빼로가 담긴 상자와 작은 선물 하나를 건네주었다. 그들도 내심 부끄러웠는지 별말은 하지 않고 쑥스러워하며 후문으로 빠져나갔다. 창가에 앉아 이 모습을 구경하던 친구들은 놀리듯이 내 이름을 불렀고, 나는 왠지 이 이상하고 부끄러운 기분이 싫지만은 않았다. 밤을 가로질러 온 용기였으니까.

내가 가장 오랫동안 간직하고 있는 물건 중 하나다. 그날 그가 빼빼로와 함께 건네준 선물. 분필 상자. 잡지 사진을 오려 분필 덮개로 붙인 분필함과 색색의 분필이 담겨 있었다. 그때, 나는 시 쓰는 국어 선생님이 꿈이었는데 그것을 기억하고 만들어준 것이었다. 선물의 의미를 곱씹으면 어쩐지 버리기엔 너무 아까워 아직까지 간직하고 있는 골동품이다.

얼마 뒤 그 친구의 생일이 되던 날, 나도 같은 이벤트를 하기로 했다. 용기에 용기로 응수하고 싶은 마음이 들어서였을까. 그런데 막상 실제로 해 보려고 하니 쉬운 문제가 아니었다. 첫 번째로 야간 자율 학습을 빼먹고 다녀와야 한다는 점의 위험이 컸다. 두 번째론 다른 학교에 무단 침입해야 한다는 점, 마지막 으론 좋은 타이밍에 선물을 건네주고 와야 한다는 점. 모든 것 이 미션 그 자체였다.

이 동네의 지리를 잘 알고 있는 친구 한 명을 섭외해 우리는 무작정 여고 침입을 시도했다. 몇 걸음에 도둑놈의 마음이었다 가, 또 몇 걸음에는 비 오는 날 우산을 가져온 동생이었다가, 또 몇 걸음에는 줄행랑치고 싶은 마음이었다. 그러다가 뜻밖의 난 관에 부딪히고야 말았다. 다름 아닌, 우리 학교 수학 선생님을 만나게 된 것. 선생님의 딸이 같은 학교에 재학 중이어서 잠깐 들른 차에 우리와 만나게 된 것이었다. 선생님은 손에 가득 쥔 짐과 화려하게 포장된 선물을 보고 대번에 눈치를 채고는 어서 돌아가라고 불호령을 내렸다. 이것만 전해 주고 오면 되는데, 이것만 전해 주고 오면 되는데, 속으로 되뇌는 말은 왜 들리지 않는 걸까. 선생님은 다 빼앗아 압수하기 전에 돌아가라고 큰 소리쳤다. 나는 그 선물을 돌아오는 길 세탁소에 맡겼다. 그에 게 핀잔 아닌 핀잔을 계속 들었다.

무슨 용기로 그때 그 마음이 나섰는지, 그런 것은 생각이 잘 나지 않는다. 어떤 용기가 무슨 마음을 먹게 했는지는 선명하게 기억이 나기도 한다. 우리는 그 후로 잘되지 않았다. 닿지 않는 거리에서 서로를 오랫동안 생각했었다. 몇 년이 지나고 다시 만나기도 해 보았지만 잘되지 않았다. 밤을 가로지르며 내게로 온 그 마음이 오랫동안 내 어둠을 서성이기도 했었다.

너와 나의 아지트

처음으로 야간 자율 학습을 빠졌던 일은, 학교 방송부 면접 때문이었다.

카메라, 엔지니어, 아나운서 이렇게 총 세 분야로 나뉘었는데 나는 아나운서로 지원해 면접을 봤다. 학교에 어둠이 들이닥칠 때까지 남아 있는 게 어색했던 입학 초, 우리는 어두운 교정 속에서 자기 순서를 기다리며 면접을 준비했다.

"너는 왜 지원하게 되었어?"

"나는 나중에 방송국에서 일하고 싶어. 대학을 그쪽으로 갈 수도 있고. 생활기록부에 남으면 도움이 되지 않을까."

"그럼 너는?"

"무언가 찾아볼 수도 있지 않을까 싶어서. 기계는 싫고 말하는 건 좋아하니까 아나운서로."

내 시원찮은 대답과 달리 나는 면접 볼 때 우렁찬 목소리로 직접 개사한 노래를 불러 좋은 반응을 얻었다. 그렇게 나를 포함한 다섯 명은 방송부원으로 합격하게 되었다.

우리가 제일 좋아했던 시간은 야자 시간 때 방송부로 도망 올 수 있다는 것이었다. 무엇이 쫓아오는지는 모르겠지만.

핑계는 많았다. 다가올 학교 행사를 들먹거리거나, 매일 아침 전교생에게 틀어 주는 교육방송 녹화 테이프 점검을 한다거나, 하다못해 낯선 장비만 만지작거려도 금세 넘어갈 수 있는 기묘한 곳이기도 했다.

방송부는 선생님이 자주 들락날락하는 곳은 아니었다. 그래서 종종 공부하기 싫은 선배들도 방송부에서 만날 수 있었다. 알리바이가 많은 선배들을 믿고, 우리는 퀴퀴한 먼지로 뒤덮인 냄새나는 방송부에서 오랫동안 저녁을 보낼 수도 있었다. 선배들은 주로 아직 만나 본 적 없는 선생님 이야기나, 지금 수업을 하고 있는 선생님들이 어떤 학생을 선호하고 어떤 스타일로 시험 문제를 출제하는지 서슴없이 알려 주었다. 반은 맞고 반은 틀린 이야기더라도, 그 이야기를 듣는 시간이 좋았다. 교실에는 없고 여기에만 남아 있는 이야기였기 때문이다.

　방학이 되면 여고 방송부와 협업해 단편 영화를 찍는 행사가 있었기에 우리는 그에 대해서도 이야기를 나눴다. 함께 방송부에 들어온 동기들과 나는 공부가 지루해질 때쯤 방송부에 몰래 모여 잡담을 나누기도 했다. K는 우리 중 키가 가장 작고 왜소한 친구였다. 수줍음이 많고 말수가 거의 없어서 선배들의 호기심과 동기들의 귀여움을 한 몸에 받던 친구였는데 우리는 가장 자주 이곳에 들르던 사람들이었다. 친구는 시간에 해묵은 오래된 학교 행사 영상 테이프나, 녹음된 음악 방송을 간간이 들려주기도 했다. 나는 그것들을 들으며, 낯선 세계에 와 있는 기분을 느끼곤 했는데 친구는 가끔 그곳에서 책을 읽거나 음악을 들으며 조용히 시간을 보냈다.

　나는 그곳이 꼭 우리의 아지트라는 생각이 들었다. 물론 재수가 없는 날에는 야간 자율 학습 감독 선생님에게 걸려 호되게 혼나고 열쇠도 빼앗긴 적도 있었지만, 그 며칠을 제외하고는 평화롭게 시간을 보낼 수 있었다. 우리는 때로 방송부 안에서 다른 시간을 보내기도 했다.

　학교 어디선가 마주치면 "올 거야?" 하고 자주 묻기도 했고,

너나 할 것 없이 서로 힘차게 끄덕였으니까. 갈 곳이 있다는 건 아무렴 좋은 일이니까.

갈 수 있는 곳이 있다는 게, 도망쳐 온 서로의 얼굴을 바라볼 수 있는 작은 은신처가 있다는 게, 좋았다. 그곳에서 우리가 안전하게 우리를 지킬 수 있다는 것은 이름이 없는 약속이었고, 우리는 그 약속을 자주 지켰다. 어디에도 송출된 적 없는 우리의 이야기가 그곳에 있고, 기억력에서는 서서히 멀어져 가고 있지만 우리의 꿈이 그곳에서 훨씬 더 깊고 빠르게 짙어져 갔다는 사실만은 지울 수가 없다.


## 소리 없는 전쟁

학교에 문예창작 동아리를 만들기로 결심했었을 때, 나는 혼자서 쓰는 일이 외롭고 고되다고 느끼고 있었다. 변방에서 홀로 쓰고 있을 다른 친구를 꿈꾸며 열심히 전단을 붙였다. 이름은 '온새미로'. 가르거나 쪼개지 않고 있는 모습 그대로라는 뜻의 순우리말이다. 몇몇 관심을 가지던 후배들이 문을 두드리며 찾아오긴 했지만, 학업과 병행할 자신이 없는지 모두 돌아갔다. 원래부터 혼자였지만, 혼자가 더욱 선명해지는 시간이기도 했다.

두 명이 넘지 않으면 동아리를 만들 수 없는 학교 규칙에 따라 나는 동아리 만들기를 포기하려고 했다. 일주일에 한두 번 문학 작품을 읽고 이야기를 나누거나, 각자 쓴 것을 나눠 읽고 합평을 해 줄 요량이었다. 동아리 신청 마감날이었을까. 동급생 한 명의 신청으로 동아리를 극적으로 만들 수 있게 되었다.

그 친구는 처음 보는 얼굴이었다. 나만큼이나 조용하고 있는 듯 없는 듯 존재감이 없는 친구였을까. 알아보니 공부도 손에 꼽히게 잘하는 데다가 엄마가 국어 선생님이라 다방면으로 글짓기 지도를 받고 있는 아이였다. 내가 예선에서 떨어졌던 교육청 주관 글짓기 대회에서도 1등을 했던 친구였다.

우리는 종종 야자 시간을 빌려, 단출한 동아리 모임을 진행했다. 친구는 시를 무척 잘 썼다. 나는 내 또래가 쓴 시를 읽는 경험이 무척 새롭고 즐거웠음에도 한편으로는 두려웠다. 혼자서 쓰는 게 외로워 사람을 찾았으면서, 막상 누군가가 나와 같은 것을 하고 있다고 생각하니 기분이 이상했다.

3학년에는 서로 같은 반이 되면서 가까워질 기회가 많았지만, 좀처럼 쉽게 가까워지지는 못했다. 서로 약간의 라이벌 의식을 가지고 있었기 때문이었다. 당연히 같은 대회에 작품을 출품하거나 참가했고, 결과는 공평하지 않았기 때문에 경쟁 상대처럼 그려지기 쉬웠다. 나는 그때마다 지는 기분이 들었다. 그때의 나는, 어쩌면 시를 쓴다는 사실 자체의 희귀하고 특수한 점을 좋게 여겼던 것인지도 모르겠다. 그 외로움을 외면하면서 혼자가 되기는 싫어하던 양면적인 시간을 지낸 것이었을까.

우리는 야자 시간이 되면, 입시나 시 쓰기 잡담을 필담으로 나누곤 했다. 서로를 완벽하게 믿지 않지만, 기대고 있는 동안에는 의지하는 그런 사이. 친구로 생각하거나 진실된 마음을 보여 주고 싶지는 않지만, 동료 의식으로 서로를 존중하는 그런 이상한 사이였달까. 가까워질 듯 멀어지고, 멀어질 듯 다시 가까워지는 동안에 우리는 서로 가질 수 없는 이력을 쌓아 가고 있었다.

우리는 시간을 공평하게 나눠 갖고 같은 시제로 시를 썼다. 야간 자율 학습이 끝나면 서로 쓴 시를 바꿨다. 통학 버스에서 그 시를 멀미 나게 읽고는, 집에 돌아와 이메일로 작품에 대한 품평을 적었다. 나는 그 시간을 굉장히 좋아했다. 내게 없는 것을 다른 사람의 언어에서 보고 읽을 수 있다는 게, 또 내가 가진 것이 그에게 없다는 사실이 좋았다. 혼자 들끓는 것이 아니라, 누군가와 함께 넘치거나 모자를 수 있다는 게, 같은 꿈을 꾸고 다른 언어로 잠꼬대한다는 게 너무나 이상하고 아름다웠다.

시간이 지나고 그 친구는 공부에 더 전념하게 되었고, 나는 시 쓰기에 더 전념하게 되었다. 자연스럽게 대학 진로도 바뀌게 되었다. 한때 라이벌 의식을 느끼긴 했지만, 외로울 틈 없이 내게 빈자리를 채워 주었던 그 친구와 나눈 여러 문장들은 아직도 메일함에 저장되어 있다.

우리는 함께 쓰고 함께 지웠다.

살면서, 그런 것을 여러 번 경험했다는 것은 내 운이 좋다는 뜻이기도 할 것이다. 시기하고 질투하는 마음에 추동했던 노력도 있었지만, 더 잘하고 싶게 만드는, 더 열심히 하게 만드는 다른 누군가의 노력은 그 무엇과도 바꿀 수 없는 것이기도 했다. 우리는 서로가 쓸 수 없는 것을 쓰려고 노력했다. 어쩌면 우리가 기억하는 이 시간도 다르게 적혀 있을지 모르지만, 무언가 빼곡하게 적히고 답을 찾아가는 시간에, 시 안에서 마음껏 헤맬 수 있었다는 행운과 기쁨은 아마 그곳에만 있을 것이기에, 나는 가끔 그 시간을 그리워한다.

야간 자율 학습이 시작되면, 가지고 있던 어두운 부분을 켜서 저마다 시로 이야기를 수놓고, 완성된 시를 나눠 읽으며 치열하게 때로는 촘촘하게 서로의 안쪽으로 흘러 들어갈 수 있었던 기억. 소리 없이 자신의 언어를 꿈꾸고, 북적이는 교실 속에서 오롯이 자기만의 세계에 심취해 서로를 돌고 돌며 공전했던 풍경. 꽉 쥔 연필이 써 내려가는 이야기도, 없었던 것처럼 깨끗이 지우게 된 이야기도 그 시간을 떠나 희미해졌겠지만 그때 움켜쥐었던 중심은 아직도 내내, 여기에서도 중심이다.

그래서 나는 아름답게 기억한다. 어두움 중에 가장 어둡지 않은 색으로 드리워 있는 그 저녁의 하늘을. 계피색 하늘을 함께 건디었던 모든 순간들을.

## 밤, 많고 많은 밤의 목록

●

1 | 노래를 부를 것. 고성방가는 금지. 나만 들리도록 흥얼거릴 것. 문득 오도독 씹히는 노랫말을 음미할 것. 쓰면 뱉을 것.

2 | 라면을 끓일 것. 아침의 부은 얼굴을 기꺼이 눈감아 줄 것.

3 | 고양이의 동공을 볼 것. 인간보다 훨씬 더 많은 것을 관람하는 고양이의 크고 깊은 동공으로 입장할 것.

4 | 기약에 없던 서랍 정리를 할 것. 마음이 부산하고 갈피를 잡지 못할 때 서랍은 잠깐 은유가 될 수도 있다.

5 | 사과할 것. 원고를 기다리고 있는 편집자에게, 강의 때 모진 말을 했던 사람에게, 기약 없는 답장을 기다리는 나의 옛 사람들에게 기꺼이 엎드릴 것.

6 | 엘라 피츠제럴드의 재즈를 들을 것. 인간 초코 퐁듀가 되고 싶다면, 얼마든지 그의 노래에 흠뻑 젖어 볼 것.

7 | 좋았던 일 한 가지를 적을 것. 웃는 얼굴로 하루를 돌아보고, 가장 기뻤던 것을 쪽지에 적어 유리병에 넣어 둘 것. 고된 밤엔 그것을 꺼내어 하나씩 읽어 볼 것.

8 | 국을 끓일 것. 아침에 한 번 더 데워 먹는 국은, 더 맛있기 때문.

9 | 밤 산책을 할 것. 햇빛을 놓쳐 아쉬운 마음에 운동화를 다시 신는다면, 경쾌하게 어둠을 쬐고, 조금만 땀을 흘릴 것.

10 | LP를 들을 것. 밤보다 더 새카만 LP 하나를 골라 턴테이블 위에 올려 둘 것.

11 | 다 채운 쓰레기 종량제 봉투를 반만 묶을 것. 내일 분명히 버릴 게 또 생기기 때문.

12 | 불을 막 끈 스탠드나 간접등의 전구에 손을 갖다 대 볼 것. 이 밤엔 너도나도 함께 식어 갈 것.

✦

서른이 된 나는 10대의 끄트머리인 너에게
앞으로 펼쳐질 삶의 스포일러를 들려주려 해.
결코 네가 의도하고 상상한 대로 일들이 굴러가지는 않을 거야.
좋은 소식부터 들어 볼래, 나쁜 소식부터 들어 볼래?

# 스포일러

장한라

## 정한라

주로 알파벳을 한글로 옮기며 밥벌이를 하는 사람이다.
이제껏 옮긴 책 가운데 가장 맘에 드는 것은 『나는 여자고, 이건 내 몸입니다』.
정해진 시간과 공간에 얽매이지 않고 생활을 꾸려 가는 걸 좋아하면서도,
사실은 숨 쉬듯이 계획을 세우고 지킨다. 밤이 되면 잠들기 싫어진다.
낮과 아침 사이에 무한히 공짜로 주어진 것만 같은 밤 시간이
몹시도 소중하기 때문이다.

안녕 한라.

오늘은 아침에 창문을 열었더니 함박눈이 펑펑 쏟아지고 있었어. 눈 결정은 생김새가 같은 것이 하나도 없다는데, 잠깐 사이에도 이렇게나 많이 쏟아지는 눈들이 어쩌면 서로 다 다를까 생각하면서, 게으르게 뒹굴며 내리는 눈을 구경했지. 이렇게 서른이 된 너는 생각지도 못한 곳에서 열여섯일 때는 미처 상상하지 못했던 것들을 보며 지낸단다.

창밖에는 소나무가 있고, 그 소나무 위에 도톰하게 눈이 내려앉는 걸 보면 참 좋겠다 싶어서 네가 처음으로 마련한 집이야. 근데 그 집, 어디에 있는 줄 아니? 너와 엄마 아빠와 가족들이 오랫동안 지냈던, 네가 네 살 먹었을 적부터 이사 와서 살았던 집에서 불과 몇 블록 떨어진 곳이란다.

우스운 일이야. 넌 항상 아주 먼 곳으로 가고 싶어 했잖아. 한국을 무척 싫어했고. 태어난 곳에 머무는 건 왠지 초라한 일이라고 생각했어. 어른이 딱 되면 땅! 하고 달려 나가는 달리기 선수처럼 멀고 먼 곳을 향해 나아갈 거라 기대했었지. 어른살이를 10년쯤 한 너는 고등학생인 너와 지적인 곳에 보금자리를 틀었단다. 그리고 제법 만족스러워해. 네가 안다면 기함할 만한 일이야. 헛웃음을 터뜨릴지도 모르고.

자, 서른이 된 나는 10대의 끄트머리인 너에게 앞으로 펼쳐질 삶의 스포일러를 들려주려 해. 결코 네가 의도하고 상상한 대로 일들이 굴러가지는 않을 거야. 그런가 하면 전혀 엉뚱한 방법으로 뜻하지 않은 순간에 꿈이 이뤄지기도 할 거야. 그러면 좋은 소식부터 들어 볼래, 나쁜 소식부터 들어 볼래?

내가 내키는 대로 운을 한번 떼어 볼까. 네가 지금 기대하는 많은 것들은 와장창 깨질 거야.

✳

　『나는 빠리의 택시운전사』를 읽고 누구나 평등하고 자유로운 '톨레랑스'의 나라라며 환상을 품었던 프랑스에는 머잖아학을 뗄 거야. 아시아인은 변방에서도 더 변방 취급을 받는 그곳에 가 보고 말이야.

　세속의 사사로운 밥벌이와 무관하게 고고한 학문의 길을 탐구하는 학자로 산다는 건 불가능이나 다름없다는 것도 알게될 거야. 학계건 어디건 사람 모여 있는 곳은 구린내 나는 정치질이 끼어들게 마련이고, 고고하게 학문만 탐구하는 건 짱짱한'빽'이 있거나 웬만한 천석꾼 만석꾼이 아니고서야 할 수가 없는 일이니까.

　지지고 볶는 현실에서 한없이 멀어지고 싶었던 네 바람과는달리, 요즘 나는 현실적이고 세속적인 게 너무 좋단다. 돈을 버는 일이 좋고 기왕이면 돈을 아주 많이 벌고 싶어. 해 봐야 쌀한 톨 안 떨어지는 공부 따위는 이제는 됐고, 어떻게 해야 조금노력하고 많이 벌 수 있을지 궁리할 때나 머리를 굴려 본다.내가 이러고 있는 줄을 네가 안다면, 아주 질색팔색을 하겠지?너라면 분명 그럴 거야.

나는 네가 아주 환멸을 느끼던 바로 그런 속물이 되었단다.

그렇지만 난 지금 이게 마음에 들어.

너는 내가 소시민이 되었다며 경멸할지도 모르지만.

10원짜리 고깃국에 비곗덩이만 들었다며 파르르 떠는 게, 김수영의 시엔가 등장하던 이 표현이, 소시민의 옹졸함을 비판하는 것이라며 국어 시간에 배웠잖아. 꼭 그 시가 아니더라도, 소시민이라는 말은 어감만 들어 봐도 별로이긴 해. 시민이면 그냥 시민일 것이지 '소' 자를 붙이는 건 또 뭐니? 딱 봐도 그릇이 작고 쩨쩨해 보이잖아. 원대한 대의명분이나 확고한 이념이나 근사한 포부보다는, 하루하루 밥벌이하며 생활에 급급한 느낌이니까.

그렇지만 소시민의 모습 가운데 하나가 세상일이나 남의 일보다는 자기 생활을 가장 먼저 챙기는 것이라면, 그걸 굳이 나쁘게 볼 필요 있나 싶더라고. 스스로 밥벌이를 하고 생계를 꾸린다는 게 생각처럼 만만한 일이 아니었던 거야.

먹고사는 일이 보통 일이 아니었구나를 처음 피부로 느꼈던 건 파리에서 생닭을 통째로 토막 낼 때였지. 문자 그대로 '먹고'

사는 일에 국한된 것이기는 하지만 말이야. 교환학생으로 찾았던 파리는 식료품 물가가 참 쌌어. 그중에서도 닭을 고를 때는 부위별로 조각이 나 있는 것보다 통닭이 비교도 안 되게 싸서 그곳 생활이 익숙해지고부터는 으레 통닭을 골라 직접 손질을 해서 먹었지.

살림이 단출했기 때문에 하나밖에 없는 변변치 않은 칼로 으지직 소리를 내며 뼈를 부수고 닭을 조각냈지. 손을 다치면 어쩌나 하는 걱정이라든가 지나치게 생생한 껍질이나 뼈가 징그럽다는 생각보다는, 나에게 밥을 해 먹일 사람이 오로지 나뿐이었기 때문에 그저 이걸 해내야 한다는 마음으로 이내 무덤덤하게 닭을 해체하게 되었어. 묵묵히 닭을 치고 있자니 한국에 있는 집에서 곧잘 먹었던 닭 요리들이 떠오르더라고. 밥상에 올라와 있으면 그저 신나서 먹었던 닭볶음탕이며 백숙을 만들던 외할머니도 어쩌면 지금 나와 비슷한 기분이었을까 궁금했어. 끝도 시작도 없는 아주 오랜 날 동안 닭볶음탕을 만들었다가 백숙을 만들었다가 하셨을 때면 말이야.

그때 내가 느낀 먹고사는 마음은 교과서 속 문학작품에 나왔던 것처럼 처절하지도 숭고하지도 않았어. 그냥 해야 하는 일을 할 뿐이라는 기분이었지. 그렇게 닭을 치던 게 이젠 거의 5년 전 일이니까. 그 사이 손에는 칼을 쥐고 얼굴은 무덤덤하게 닭을 자르는 마음으로 여러 일들을 해냈겠지. 모르긴 몰라도.

✳

참, 어른이 되어서 진짜 좋은 거 하나 있다. 아침에 열 시, 열한 시, 더러는 열두 시 다 되어 눈을 떠도 괜찮아. 정해진 시간에 일어나서 정해진 옷을 입고 정해진 곳으로 가서 정해진 수업을 듣지 않아도 돼. 내가 너였을 적에, 학교를 정말 어떻게 다녔나 싶어. 네가 평일에 몇 시쯤 일어나야 했는지도 가물가물해. 고등학교 3년을 내리 똑같이 생활했을 텐데 일어나는 시간조차 기억이 안 나는 거 보면, 아마 진력이 날 만큼 싫었던 모양이야.

1교시가 아마 아침 여덟아홉 시쯤에는 시작했을 텐데, 그러면 학교까지 한 시간쯤 걸리고, 또 나갈 채비를 해야 하니 못해도 예닐곱 시에는 일어났다는 거잖아. 평일이면 꼬박꼬박 말이야. 그렇게 3년을 보냈다니, 지금 나는 너무 믿기 어려운 일이야.

그때 너는 싫은 게 참 많았지.

눈 결정처럼 서로 다른 사람들을 왜 똑같은 과목과 똑같은 시험에 짜 맞추려 하는지 납득하지 못했지. 부처님은 8만 8천 가지 틀을 만들고도 모자랄까 염려했다는데, 채 열 개도 안 되는 과목 점수로 사람을 판가름하는 게 말이 되냐며 입버릇처럼 말했지. 8만 8천 가지 틀 얘기가 대체 어디서 주워들었던 부처님 얘기인지는 몰라도, 이제껏 기억을 하는 걸 보면 꽤나 사무쳤던 모양이야.

밤 열 시까지 꼼짝없이 학교에 붙들려 있어야 하는 야자도 너에겐 아주 굴욕적인 시간이었어. 하기야 야자 하는 걸 좋아할 만한 청소년이 어디 있겠냐 싶지마는. 아침 여덟 시에 학교에 와서 밤 열 시까지 공부를 한다 치면은 벌써 그것만도 하루에 14시간인데. 이동하고 씻고 잠자는 시간 빼면 24시간 중에 네 맘대로 쓸 수 있는 시간이 없다시피 한 거잖아. 그게 정말 분하고 억울해 죽을 지경이었지.

✳

그런 와중에도 용케 짬을 내서 너만의 시간을 만들기는 했어. 대체 뭔 체력이기에 그럴 수 있었을까 싶은데, 야자를 마치고 집에 와서 밤 열한 시, 열두 시쯤이 되면 컴퓨터를 켜고 블로그에 꼭 뭔가를 적었지. 요즘은 스마트폰이라는 게 생겨서 그걸로 사진도 찍고 인터넷도 다 하는데, 너는 그런 게 없었잖아. 조그만 디지털카메라를 들고 다니면서 사진을 찍고, 그걸 매일 컴퓨터에 옮기고, 또 그중에서 다시 고르고 골라서 블로그에 올렸어.

빤한 일상과 빤한 장소를 겪는데 무어 그렇게 찍을 거리가 있었을까 싶기도 하네. 그렇지만 그 디지털카메라가 네게는 작은 숨통이었어. 부여잡지 않으면 이 막막한 바다를 헤쳐 갈 길이 없었던 거지.

교복 셔츠 단추를 하나하나 채워 잠그고, 그 위에 스커트를 걸쳐 지퍼와 단추로 고정하고, 그다음에는 역시나 빳빳하고 별 신축성 없는 조끼를 걸치고는, 마무리로 넥타이나 펜던트까지 매어야 학교에 가는 몸이 되었지. 그 꺼풀을 내려놓으면 고스란히 '나'로 돌아온 것 같아 하루치 야자를 치러 내고 잠들기 전까지의 그 잠깐이 아주 소중했어.

'공부 잘하는 애'라든가 '모범생' 같은 거 말고 그냥 너 말이야. 아무것도 아니어도 괜찮고 무엇이든 되어도 되는 너.

잔잔한 눈송이가 내리듯 그렇게 소리소문없이 위안을 쌓아주던 야자 끝난 밤도 있고.

또 환한 달처럼 기억 속에 또렷하게 자리 잡은 밤도 있었지.


어느 금요일 야자가 끝나고 너는 학교 안에 몰래 남아 야영을 시작했어. 다른 친구 하나와 작당을 하고 드디어 실천에 옮기기로 한 날이었지.

아이들과 야자 감독 선생님이 빠져나가고 새까맣게 조용해진 학교. 교실이 있는 건물을 나가 운동장 건너 강당 건물 바깥, 커다란 기둥 뒤쪽에 담요와 간식을 가지고 자리를 잡았어. 학교 안을 순찰하는 경비 아저씨가 오더라도 그쪽까지 샅샅이 살피지는 않을 거라고 어설픈 기대를 하면서 말이야. 실제로도 경비 아저씨가 너와 친구를 발견하는 일은 없었지. 모르고 지나쳐서일지, 아님 알고도 눈감아 주신 거였는지는 모르지만. 아마 그냥 모르고 넘어가셨던 거겠지?

아마도 춥지 않았던 계절로 기억해. 교실에서 감고 다니던 무릎담요 정도로도 밤을 새우기에 무리가 없었으니까. 같이 자체 야영을 작당한 친구와 간식을 야금야금 까먹으면서 얘기를 나누다가, 제법 새벽이 되어 '이제 뭐 들키더라도 별수 있겠나!'

하면서 대범한 마음이 생기니 자리에 드러누워 건물 천장인지 밤하늘인지를 봤던 기억이야.

  그러고는 아침에 교문이 열릴 때까지, 더 정확히는 학교 옆 카페에서 모닝세트를 파는 시간이 될 때까지 잠자코 기다렸지. 어쩌면 모닝세트가 없었다면 야영을 하지도 않았을지 몰라. 종종 가는 카페의 모닝세트를 너는 괜히 궁금해했거든. 오전에 잠깐만 파는 메뉴라서, 평소에 학교 가는 날에는 아침에 시간이 없어 먹을 수가 없으니까. 그렇다고 학교 안 가는 날에 굳이 이걸 먹으러 집에서 지하철로 30분이나 떨어진 여기까지 오기는 억울했단 말이지. 그래서 사실 그 자체로만 놓고 보면 별 특별할 건 없을 그 모닝세트가 정말이지 먹고 싶었어. 아침에 그걸 먹으면서 시간을 보내는 것만으로 아주 여유로울 거라고 기대가 되었거든.
  그렇게 야영을 마치고 기어이 그 모닝세트를 먹으러 갔지. 커피라든지 빵 냄새가 짙게 풍기고 군데군데 조명을 따스하게 켜 둔 카페로 들어서니 찌뿌드드한 밤샘 야영이 훅 사라지고 옅어지는 것 같은 기분이었어. 그러고는 아마도 달걀이나 치즈 따위가 들어간 따끈한 샌드위치랑 커피를 먹었을 거야.

이 일을 까먹고 지내다가 왕왕 떠오르면, 대체 어쩌다 그런 야영을 꾸몄을까 싶다가도 마음이 재밌어지지. 아무튼 이제 나는 절대로 할 수 없을 일이니까. (일반인이 학교에서 그랬다가는 법적으로 문제가 될 수도 있잖아.) 딱 너만이 할 수 있었던 일이잖아. 그것 말고도 내가 아닌 너만이 할 수 있었던 일들은 또 있겠지.

*

다만 그런 게 아쉽거나 그립다는 이유로 내가 너의 시절로 돌아가고 싶지는 않아. 이건 그 시절이 싫어서가 아니라 지금이 마음에 들기 때문이야. 물론 버거울 때는 아주 옛날로 돌아가거나 차라리 10년쯤 뒤로 훌쩍 가 버리고 싶다는 공상을 하기도 해. 지금 내가 고민하는 것들이 10년 뒤에는 다 해결되어 있고, 막연하게 멋진 인생을 살고 있을 것 같고, 아주 강해져 있을 것 같아서 말이지.

설령 어느 정도는 맞을지라도 시간이 흐르는 게 능사만은 아닐 테지. 너의 10년 뒤가 나인 것이라면, 10년 전인 너의 문제를 나는 어느 정도 해결했을 거야. 그렇지만 또 내 몫으로 새로운 문제가 생겨나기도 했지. 네가 보기에는 내 인생이 그럭

저럭 멋져 보일지도 몰라. 그렇지만 내 딴에는 또 부럽고 탐나는 것들이 새로 생겨났어. 너보다야 내가 더 강해졌지만, 아직 더 단단해져야 하기도 해. 또 오히려 뚝심 있는 너보다 지금 내가 흐물흐물해지기도 했으니. 그러니까 10년을 되돌려도, 10년을 빠르게 감아도, 아마 나라는 사람 자체는 적당히 고만고만할 거야.

이렇게 생각하면 약간 실망스러우려나 했는데, 오히려 안심이 되더라고. 사람이 번데기가 나비 되듯 대단히 탈바꿈하는 게 아니라면, 그냥 지금 생겨먹은 대로의 나와 잘 지내는 법을 익히면 되니까. 나를 다그치거나 닦달하지 않고.

참, 너한테 까먹지 않고 꼭 하고 싶은 말이 있어.
난 그때의 네가 너무 고마워.

열심히 노력하고 버텨 줬던 게 말이야. 너무나 치욕스러웠던 입시 교육이었지만, 그걸 벗어나지 못한 이상, 그 게임판 위에서 이기고자 최선을 다했던 게 말이야. 고3으로 올라가면서부터 너는 점심 식사와 저녁 식사 시간도 반납하고 빈 교실에서 자습을 하거나 컴퓨터실로 가서 EBS 강의를 챙겨 들으며 수능 공부에 매진했지.

밥을 제대로 챙겨 먹지 않으면 머리도 안 돌아갔을 텐데, 지금 생각하면 대체 어떻게 그랬나 싶어. 너무너무 싫어서 기억에서도 많이 지웠기 때문에 어렴풋하게만 떠오르는 시간인데, 그 시간을 버텨 준 것이 아주 고마워. 그때 네가 끝의 끝까지 열심히 애썼던 게 내게는 든든한 자산이 되고는 해. 물론 결코 건강한 방식이라고는 할 수 없지만. 벼랑 끄트머리까지 가 보았다는 거, 내가 작정을 하고 무언가를 이뤘다는 경험 자체가 주는 힘이 있지.

그때 너는 동굴에 틀어박혀 100일 동안 마늘만 먹으면서 사람이 되기를 기다리는 곰의 마음이었어. 이 시간을 버티면 사람이 될 수 있지만, 만약 그러지 못하면…… 그러지 못한다면 사람 취급을 받을 수 없을 거라 생각했지.


지금이야 나는 꼭 강력한 무기를 손에 쥐지 않더라도 존엄을 찾을 길이 있다는 걸 알고 있어. 그건 바깥에서 오는 게 아니라 내 안에서 오는 거니까. 그렇지만 채 스물이 되지 않은 네게 세상은 너무 매섭고 혹독하고, 와중에 너는 또 너무 하잘것없고, 그러니 네가 여기에 있다는 목소리를 내려면 무기가 필요하다고 생각했던 거지.

아무튼 대학 입시 공부를 하는 1년 동안 사람답게 살기를 포기하니 별로 서러울 것도 없었어. 사람이 아니라고 생각하면 무슨 짓이든 할 수가 있었어. 고등학교 3학년 동안 1년 내내 점심과 저녁을 굶고 그렇게 아낀 시간에 EBS 강의를 듣거나 기출 문제를 푸는 것도. 얼마든지 할 수 있었지, 사람이 아니라고 생각하기만 한다면 말이야.

반대로 말하면 그런 건 도저히 사람이 할 짓은 아니라는 거겠지.


가까이 있는 선생님들이라든가 가끔 학교에 찾아오는 졸업생 언니들을 보면 전혀 다른 세상의 사람들, 문자 그대로 '사람'들 같아서 아득했지. 어떤 대학 꼬리표를 달고 있건 간에, 어쨌든 입시 레이스를 끝마친 사람들이라서 부러웠어. 저 사람들은 저마다 몫의 마늘을 먹고 동굴을 탈출해서 사람이 되었으니까. 너는 아직 동굴 안에 있고 이 결말이 어떻게 될지는 몰랐으니까. 도중에 무너지기라도 하면, 사람이 될 수도 있다는 약속은 영영 사라지는 거였으니까.

＊

네가 떠올렸던 '사람답게' 사는 모습은 충분히 쉬고, 충분히 먹고, 충분히 자고, 또 하고 싶은 것을 되도록 자유롭게 할 수 있는 거였어. 하루에 14시간을 학교에 억지로 붙들려 있지 않고. 빈틈없이 좋은 성적을 내도록 기계처럼 반복 훈련을 하지 않고. 배터리를 채우듯 음식을 서둘러 입 안에 욱여넣지 않고.

날씨가 좋을 때는 가만히 멈춰 서서 바람 냄새를 맡아 볼 수도 있고. 여름에는 시원한 방바닥에 뒹굴면서 늘어져라 만화책을 보다가 졸리면 잠들 수도 있고.

마음껏 먹고 자고 쉬는 사람이 되고 싶어 했던 반작용 때문인지, 요즘도 나는 어쩌다 느긋하게 식사를 할 때면 성공했다는 기분이 들어. 넓게 벌어진 ㄴ자 모양으로 누인 의자에 펼쳐져 앉아 화분에 돋아난 새순을 구경하며 시간을 느리게 쓸 때면 성공했다는 기분이 들어.

일부러 사람 적은 평일에 하이킹이나 산책 약속을 잡아 두면 그것도 내게는 참 성공했다는 기분을 안겨 주더라. 이렇게 말하면 마치 바라던 대학에 들어간 다음에 네가 상상하던 대로

순탄하게 성공적인 삶으로 올라탄 것만 같네. 그렇지만 사실 너는 아주 여러 번 좌절하고 실패할 거야.

어떤 실패를 하느냐구?

이를테면 스물다섯이 되는 해에 너는 대학원에 들어가. 그리고 스물일곱쯤에 거기서 도망을 나오지.

순진하게도 학구열만 품고 평생 공부하며 살 거라고 그려 왔지만, 그런 꿈 같은 건 온데간데없이 휘발되고 말아. 그러고는 하고 싶은 건 사라지고, 그렇다고 학위를 딴 것도 아니고, 거기다가 새로 취직을 하기에는 쌓아 놓은 것도 없이 애매하게 나이만 먹은 스물일곱의 너만 덩그러니 남지.

(물론 스물일곱은 결코 많은 나이가 아니지만, 취업을 준비하는 한국 젊은이들치고는 아주 한참 늦은 나이가 되어 버렸단다. 모르긴 몰라도 요즘 젊은이들은 대학에 들어가면서부터 곧바로 취업 레이스를 시작해야 하거든.)

꿈은 그저 끈기 있게 진심 어리게 꾸기만 하면 될 거라고 생각했던 건 아주 천진한 착각이었던 거야. 꿈에는 돈과 '빽'이 필요해. 그게 돈 안 되는 꿈이라면 더더욱. 공부를 하고 학위를 따 봐야 제대로 된 일거리를 얻을 수 있을지조차 미지수인데 무슨 당장에 공부가 손에 잡히겠어.

좋아한다면 무엇이든 열정만으로 할 수 있는 것처럼 세간에서는 얘기하지만, 떨어지는 콩고물이 없으면 있던 애정도 사라지고 만단다. 연료가 없이 굴러가는 자동차란 없듯이 말이야.

그러면 실패담을 귀띔해 준 김에 중요한 비밀을 함께 알려 줄게. 꼭 기억해 둬야 해. 뭐냐면, 어쩌다 실패한다고 해도 결코 큰일이 생기지 않아. 실패해서 도망치더라도 별일 일어나지 않아. 실패하더라도 얼마든지 안녕하게 잘 지낼 수 있어. 나는 실패했지만 지금 멀쩡하게 잘 지내고 있어. 아마 앞으로도 언제든 무엇이든 실패할 테고, 그리고 그러고 나서도 여전히 잘 지낼 거야.

그럼 나는 요즘 어떻게 지내느냐구?

나는 가끔 동네에서 중학교 때 담임 선생님을 마주치고는 해. 선생님도 나도 저마다 다른 곳에서 생활하다 요즘은 다시 같은 동네로 돌아왔지. 중학교 때 문집에는 10년쯤 뒤 반 아이들 모습을 상상해서 쓴 글이 하나 실려 있었어. 그때 반 친구 중에 유독 누구에게나 가리지 않고 살가웠던 아이가 쓴 글이야. 그 글 속에서 10년 뒤의 너는 프랑스에서 유학을 하다가 맛있는 와인을 들고 한국에 귀국해 반창회에 온다고 그려져 있어.

그러나 너는 프랑스에 유학을 가지 않아. 당연히 거기서 맛있는 와인을 들고 올 일도 없지. 동네 마트에서 몇 없는 제일 값싼 와인 가운데 하나를 골라서 찔끔찔끔 따라 마시는 게 요즘 나의 보통의 위안이지. 희한한 일이야. 네가 당연한 미래라고 생각했던 프랑스 유학을 가지 않은 게 나는 아쉽지가 않아. 그저 김빠진 콜라처럼 애매하고 밍밍한 곳이라고 생각이 바뀌었거든. 이렇게 너는 특별히 위대해지지도 않았고, 특출하게 초라해지지도 않았지.

＊

사실 처음에는 너에게 편지를 쓰는 게 달갑지 않았어.

왜 그랬냐면, 뭔가 그럴싸하고 멋진 모습으로 짜잔! 나타나서 근사한 이야기를 들려주어야 할 것 같은데, 지금 나는 그럴 만큼은 아닌 것 같았거든. 그래서 괜히 부끄러웠어.

그렇지만 또 뒤집어 생각해 보면, 대체 얼마나 끝 간 데 없이 성공해야지만 너에게 말을 걸 자격이 있다는 걸까 하고 질문을 던져 보았지. 백만장자가 되면? 억만장자가 되면?

정작 네가 보기에 나는 이미 충분히 괜찮은 삶을 살고 있을 텐데? 어떤 면에선 네가 바라던 것들을 나는 많이 갖고 있기도 하거든. 독립을 좋아했던 네가 바라던 대로 스스로 돈을 벌어 생활을 챙기면서 혼자만의 집에서 맛있는 것을 먹고 마음에 드는 사람들과 이야기를 나누며 지내니까. 이렇게 생각하니 굳이 지금 이 모습은 충분히 성공이 아니라며 깎아내릴 필요가 뭐가 있을까 싶더라고. 그러고 나니까 너에게 편지를 쓰는 게 더는 부끄럽지 않았어.

그러니 네가 이 편지를 받는다는 건, 내가 제법 괜찮게 잘 지낸다는 뜻이기도 해. 다른 무엇보다도 내 마음이 괜찮다는 뜻이야.


아주 어렸을 적 너는 한 달에 한 살씩 나이를 먹었던 거 알고 있니?

한 달에 한 번씩 생일 케이크에 초를 꽂고 불었기 때문이야.

네가 그걸 좋아해서 엄마 아빠가 한 달에 한 번씩 케이크를 사와서 생일 축하 노래를 불러 주었거든. 나는 아주 어렸기 때문에 잘은 기억이 안 나지만, 내가 어른이 된 지금까지도 엄마가 케이크 이야기를 자주 들려줘서 익숙하게 알고 있어.

그건 조건을 달아 둔 케이크는 아니었지. 네가 나중에 커서 공부를 잘하게 될 테니까, 돈을 많이 벌 테니까, 유명한 사람이 될 테니까 등등의 조건을 달아서 사다 준 케이크가 아니었지. 네가 나중에 좋은 사람이 될지 나쁜 사람이 될지, 무얼 잘하고 무얼 못하게 될지 같은 건 모르더라도 그냥 준 생일 케이크였던 거야. 나는 가끔 스스로에게 욕심이 많아질 때면 조건 없는 케이크를 떠올려. 그러면 나 자신에게 너그러워지지.


한 달 치 케이크를 보내는 마음으로 너에게도 이 편지를 띄워. 다른 건 필요 없고, 그저 케이크를 받아 기뻐하듯 읽어 삼켰으면 해. 그리고 초에 불을 붙였다 이내 꺼뜨리듯이 편지를 덮고 더러는 까먹은 채로 지냈으면 해. 적당히 시간이 지나서 새로운 케이크를 받을 때까지 말이야.

# 밤, 나를 배신하는 밤

◖

밤에는 모름지기 낮 동안의 나를 배신해야 제맛이었다.

밤에는 나를 지켜보는 사람도 없었고, 언제까지 무엇을 해야 한다는 시간제한도 없었다. 밤의 나를 떠올려 보면 어두운 방 안에서 컴퓨터 불빛이나 책상 스탠드 불빛에 의지해 무언가를 읽거나 적는 모습이 대표 이미지인 양 그려진다. 안락하게 감싸 주는 어둠과 꼭 필요한 부분에만 내려앉는 불빛 품에서는 안심을 할 수가 있었다. 그러면 낮의 나를 대담하게 배신할 수도 있었다.

낮의 나는 모범생이었다. 성실히 훈련을 한 뒤 게임이 펼쳐지는 링 위에 올라가 정해진 규칙에 맞춰 제일 좋은 성적을 냈다. 한 경기 한 경기씩 클리어하다 보면 챔피언 벨트가 쌓여 갔다. 챔피언이 되기 위해 착실히 연습하고 우수한 점수를 내면 되었다. 그게 나의 랭킹을, 사회적 지위를 높이는 방법이었고, 굳건하게 자리 잡은 사다리를 따라 한 칸이라도 더 높이 올라가는 방법이었으니까.

밤이 되면 낮의 경기가 펼쳐졌던 링을 무너뜨리고 싶었다. 가진 사람은 점점 더 많이 가지고 못 가진 사람은 더 뒤처지기만 하는 게임이 경멸스러웠다. 그래서 밤에는 책과 글을 읽고 밑줄을 그어 가며 다이어리와 블로그에 차곡차곡 정리했다. 노동운동가가, 한국의 근대사와 교육제도를 비판하는 역사가가, 한국 사회의 구린 면을 들춰내는 언론인이라든지 칼럼니스트가 쓴 글들이었다.

그렇지만 낮이 되면 다시 착실한 챔피언으로 돌아갔다. 도무지 이 링을 벗어날 용기는 없었다. 그렇다고 해서 덥석 체념하고 이 게임을 억지로 좋아한다고 할 수도 없는 노릇이었다. 낮의 챔피언과 밤의 불순분자 사이를 갈팡질팡했다. 사실 나는 이 경기에 반대한다는 양심선언과 고해성사는 오로지 밤의 몫이었다.

그 바람에 챔피언의 무대 뒤편 모습은 밤과 나만 아는 비밀이 되었다.

◆

더는 불온한 파수꾼 모드로 살고 싶지 않았다. 너무 소중해서
완벽하지 못할 바에야 전부 망가져 버리길 바라던 충동은,
조그만 흠집을 발견하더라도 나에게 소중한 것이라면
그대로 소중히 여기자는 다짐으로 바뀌었다. 조건 없이 그냥
친구이기 때문에 가족이기 때문에 아끼고 사랑할 수 있는 넉넉한 마음.

# 망가뜨리지 않고 사랑하는 법

장도수

## 장도수

SBS의 라디오PD.
어렸을 적 듣던 라디오의 낭만을 잊지 못하고 라디오PD가 되는 바람에,
아름답던 낭만의 자리를 지리멸렬한 생업으로 채우는 우를 범했다.
이에 생업과 무관한 뭔가를 하고 싶어서 퇴근 후 밤을 헐어 팟캐스트
〈빅 리틀 라이프〉를 제작했다. 낮보다 밤에 용감해지는 편이라 가능했다.

해가 뉘엿뉘엿 넘어가며 운동장을 오렌지빛으로 물들이는 시간이다. 나는 책상에 앉은 채로 오른팔을 길게 베고 엎드려 텅 빈 교실을 바라본다. 고3 교실답게 대부분의 친구들은 야간 자습을 위해 집에 가지 않고 남았는데, 지금은 모두 석식을 먹으러 급식실로 달려간 참이다. 나는 밥보다 잠이 더 좋다고, 절반만 진심인 핑계를 대며 교실에 혼자 남았다. 오늘은 맛있는 메뉴가 나오는 수요일이니, 급식실에 가지 않고 본관에 남아 있는 학생은 나뿐일지도 모른다. 매일 쳇바퀴 돌듯 '수업-중식-수업-석식-야간 자습'을 반복하는 고3 수험생에게 급식은 '학교가 허락한 유일한 마약' 같은 것이기 때문이다.

하지만 나는 이 고요함이 좋아 석식을 가끔 거르곤 한다. 곧 저 멀리서 석식을 배불리 먹은 친구들이 우당탕 달려오는 소리가 나기 시작하면 나만의 고요도 이내 깨질 것이다. 이 순간 나는 꼭 파수꾼 같다. 언제쯤 누구의 발걸음이 들릴까 노심초사하며 나만의 고요를 지키는 파수꾼.

그러나 내 직업이 파수꾼이라면 나는 불온한 파수꾼이 되고 말 것이 분명하다. 파수꾼이란 한눈팔지 않고 성실하게 경계하고 지키는 사람을 일컫는 말이다. 그런데 나는 지키려는 동시에 그 반대의 충동에도 시달린다. 손쓸 도리가 없을 정도로 강력한 침입자가 나타나 내가 지키는 모든 것을 모조리 망가뜨리기를, 그리하여 나는 더 이상 아무것도 지키지 않아도 되도록 말이다.

이를테면 지금 나는 나를 둘러싼 고요가 너무 좋아서 이 고요가 행여나 1분이라도 빨리 깨질까 봐 노심초사하면서도, 친구들이 한시 빨리 교실에 도착해 이 고요를 와장창 깨뜨려 주기를 바라고 있다. 소중한 것을 지키느라 마음 졸이며 보내는 시간이 괴로워서 그렇다. 언젠가 도래할 파괴자를 두려워하며 전전긍긍 지킬 바에야 차라리 폐허가 되도록 망가뜨려 버리고 싶은 충동을 느끼는 게, 이상한 일인가?

비단 고요함을 지키고 있는 지금만의 일이 아니다. 친구들 대할 때도, 부모님을 대할 때도, 심지어는 시험을 대할 때에도 비슷하게 분열적인 욕구를 느낀다. 좋아하는 친구들에겐 짐짓 나는 무리 지어 다니는 것에는 초연한 사람이라는 듯, 나에게 너희들은 그다지 중요한 존재가 아니라는 듯 무심하게 대한다. 사실 그 친구들과 누구보다도 일체감을 느끼고 싶어 하면서 말이다. 부모님에게도 마찬가지다. 나는 언제나 엄마의 다정한 애정을 받는 동생이 너무너무 부러웠다. 그러면서도 언제나 엄마의 사랑 같은 건 딱히 필요 없다는 듯 차갑게 굴게 된다.

시험에 대한 분열적인 욕구는 더 골 때린다. 시험 기간 내내 밤까지 새워 가며 성실하게 공부해 놓고, 방금 한 시간 동안 시험 문제를 열심히 잘 풀었으면서, OMR 답안을 마킹하는 마지막 순간이 오면 그냥 일렬로 줄 세워 마킹하고 싶어진다. 시험을 망쳐 버리고 싶은 충동이 드는 것이다. 어떻게 해야 내가 원하는 그대로 다정한 친구, 곰살맞은 딸, 고분고분한 학생이 될 수 있을까. 누군가 내게 방법을 일러 주었으면 싶다.

나에게 부족한 것이 비단 솔직함뿐일까? 이런 고민을 하며 책상에 모로 누워 해 질 녘 오렌지빛으로 물든 교실을 바라보고 있던 참이다. 그때였다.

"어머, 거기 누구니? 너 왜 밥 먹으러 안 갔어?"

　고요를 깨뜨린 사람은 친구들이 아니라 선생님이었다.
　고개를 들어 얼굴을 확인하니 앞쪽 반에서 사회 과목을 가르치는 선생님이다. 호락호락한 성격이 아니라고 들었는데 괜히 잘못 걸려서 혼나는 거 아닌가 하는 생각에 냉큼 허리를 곧추세워 바르게 앉았다. 소문으로는 작년에 임신해서 배가 불룩 튀어나온 상태에서도 반 애들한테 하도 고래고래 소리를 지르는 바람에, 그 반 애들은 배 속의 아기한테 문제가 생길까 봐 걱정돼 선생님 말을 잘 들을 수밖에 없었단다. 선생님은 거침없는 몸동작으로 교실 형광등을 탁. 탁. 탁- 켰다. 절정의 붉은색으로 타오를 듯했던 교실은 순식간에 아무런 색깔도 없는 새하얀 형광등 불빛으로 가득 찼다.

　"뭐야? 너 거기서 뭐 해?"
　"아, 요즘 소화가 잘 안돼서…… 밥 안 먹는 게 나을 것 같아서……."

　괜히 책상 서랍에 넣어 두었던 문제집을 마구 꺼내 펼쳤다.

막 공부를 하려던 참이라고 온몸으로 어필했지만 선생님은 아무 반응이 없었다. 낯선 선생님의 침묵이 무서웠다. 나는 애꿎은 문제집을 쓰다듬고, 접었다가 펴고, 필기구를 고쳐 쥐었다. 선생님은 휘적휘적 나에게 걸어오더니 앞자리 의자에 걸터앉았다.

"야, 아무리 고3이라지만 수능까지 몇 달은 남았는데 벌써부터 밥 거르면 못 버텨."

딱히 대답할 말을 찾지 못해 멋쩍은 웃음만 짓고 말았다. 선생님은 마주 웃어 주기는커녕 이렇게 말했다.

"너 이리로 따라와."

아니, 내가 석식을 안 먹겠다는 게 교무실까지 불려 갈 일인가 싶었다. 하지만 일대일 상황에서 선생님을 거절할 만큼의 배짱은 없는지라 우선 선생님을 따라갔다. 앞서 걸어가던 선생님은 아니나 다를까 1층으로 향했다. 교무실로 들어가는가 싶었는데, 그 옆의 쪽문으로 들어갔다. 교직원 휴게실이라는 간

판이 붙어 있어 학생들은 아무도 가 보지 못한, 아니, 별로 가고 싶지도 않았던 곳이다. 어딘가에서 학생주임 선생님이 나타나 학생은 출입 금지인 것 모르냐며 불호령을 내릴 것만 같아 괜히 쭈뼛대며 들어갔다.

교직원 휴게실은 생각보다 작고 허름했다. 우리가 두려워하던 공간이라는 게 민망할 정도였다. 테이블에는 낡은 커피포트와 전자레인지 같은 간단한 주방 기구들이 놓여 있었다.

"저 여기 들어와도 돼요?"

"내가 데려왔잖아. 그리고 오늘 당직 나밖에 없어서 다른 샘 아무도 없어."

선생님은 서랍장에서 뭔가를 찾으며 별일 아니라는 듯 대답했다.

"샘이 여기 이거 뒀어. 이거 해서 같이 먹자. 나도 저녁 안 먹었거든."

선생님이 비밀스럽게 꺼내든 건 크림수프 봉투였다. 조그만 봉투를 자랑스럽게 보여 주는 선생님의 모습이 아이처럼 사랑스러워보였다. 하지만 나로 말할 것 같으면, 엄마가 수프로 아침을 내어 주면 한 입도 먹지 않을 정도로 수프를 싫어한다. 죽이나 수프같이 미끌미끌한 음식을 왜 먹는지 모르겠다고 생각해 왔다. 그래도 '좋다'고 대답했다. 처음 보는 선생님에게 집에서 굴듯 행동할 수는 없는 노릇 아닌가. 다소곳하게 앉아서 수프가 끓기만을 기다렸다. 그리고 조그마한 테이블에 선생님과 마주 앉아 수프를 나눠 먹었다.

수프를 먹어 보는 것도 처음이었는데 그보다 더 낯선 건, 아무 노력도 하지 않고 누군가의 호의를 받아 보는 경험이었다.

당시 나는 부모님과의 관계에서조차 꽤나 많은 노력을 해오던 터였다. 가장 주요한 것은 성적이었다. 부모님이 내게 제공하는 호의는 부모님의 기대에 상응하는 성적을 받아야만 유지된다고 생각했다. 만족스러운 성적표 없이 부모님이 내게 밥을 차려 주고, 간식을 챙겨 주고, 독서실비와 학원비를 내줄 이유가 없다고 여겼다. 단순한 등가교환 도식이었다. 나는 성적을 위시하여 총체적으로 자랑스러운 딸에 부합하는 요소들을 제공하고, 부모님은 내게 각종 편의 서비스를 제공하는 등가교환 말이다.

친구들과의 관계에서도 비슷했다. 나는 친구들이 좋아할 만

한 사람이 되기 위해 새 학기부터 부단히 노력했다. 그래서 새 학기가 시작되는 봄부터 여름까지는 얼마나 지치던지. 본래 나는 겁이 많고 소심하고 가끔은 이기적인 데다가 못돼먹은 상상도 하는데, 전혀 그러는 일이 없다는 듯 굴었다. 나는 대범하고, 이타적이고, 언제나 선한 선택만을 한다는 듯이.

끔찍하지만 솔직히 이것도 모종의 등가교환 도식 위에서 이루어졌을지 모른다. 훌륭한 친구의 모습에 부합하기 위해 노력하고, 그 대가로 친구를 얻는다고나 할까? 하지만 나도 사람인지라 가을이 오고 겨울이 다가올 때쯤엔 어쩔 수 없이 내 본성이 불쑥불쑥 튀어나왔다. 그래서 오래 알고 지낸 친구들은 내게 두려움의 대상이었다. 이미 나를 간파하고 있을 것 같은 두려움, 사실 나는 내가 되고 싶은 나의 발끝에도 미치지 못한다는 걸 들킬 것 같은 두려움.

이런 나로서는 훌륭한 이미지를 제공하기는커녕 먹으라는 석식도 안 먹고 교실에 누워 있었는데 왜 이런 호의가 내게 제공되는지 의아했다. 일단 기분은 좋았다. 잘 데워진 수프가 목을 넘어가며 온몸을 따스하게 데워 주었기 때문이다. 몸이 녹아서인지 그 어떤 노력도 시늉도 하고 싶지 않아졌다. 왠지 용기가 났다. 솔직하게 대화할 용기 같은 것이.

솔직하게 대답하고 혼난다 하더라도 그것대로 나쁘지 않았다. 어차피 요즘 공부도 잘되지 않던 차에 동기부여가 될 테니 말이다. 선생님은 내게 왜 급식을 먹으러 가지 않았는지 물었고, 나는 용기를 내어 전에 없이 솔직하게 대답했다. 사실은 급식실이 시끄러워서 싫다고, 친구들의 소란스러움이 지겨울 때가 있다고, 가끔은 그냥 조용한 곳에서 혼자 멍때리고 싶다고 말이다. 속이 안 좋다고 한 건 죄송하지만 거짓말이라고까지 털어놨다.

거기까지 말하고 선생님의 표정을 살폈다. 혹시나 질책할 것 같다 싶으면 금방 멈출 요량이었다. 그런데 선생님은 꾸짖기는커녕 내 이야기에 별 관심도 없어 보였다. 수프 바닥을 긁으며 그러냐고, 목표하는 대학은 어디냐고, 대학생이 되면 무얼 하고 싶으냐고 무심하게 질문할 뿐이었다.

학교에서 내 이미지는 '바람직한 수험생'의 전형이었다. 명확하게 희망하는 직업이 있었고, 그 사유도 어느 정도 진취적이었고, 지망하는 대학과 학과도 일관됐다. 근데 사실 그거 절반 정도만 진실이고 반쯤은 가짜였다. 희망하는 대학이나 하고 싶은 일에 그 정도 확신은 없었다. 어른들이 그런 말을 좋아하니까 말만 그렇게 했을 뿐이다. 내가 공부를 하는 건 그저 가능한한 좋은 성적을 받아서 선택권을 넓히기 위함이지 별다른 목표는 없었다.

수프가 육체와 정신을 모두 노곤하게 만드는 바람에 이런 얘길 전부 털어놓았다. 내가 그토록 목매어 온 근사한 모습에는 전혀 어울리지 않는, 옹졸하고 속물적인 말들이었다. 왜인지 용기가 나서 말하기 시작하긴 했지만, 말을 하면 할수록 스스로가 너무 초라하게 느껴져서 황급히 사족을 달았다.

"좀 별로죠? 형편없어요."
선생님은 다시 한번 무심한 표정으로 툭, 이런 말을 내놓았다.
"그럴 수도 있지 뭐."

아무에게도 들키지 않으려 애써 온 모습을 용기 내 드러낸 것치고는 조금 심심한 반응이었다. '그럴 수도 있다'라니! 나는 열아홉 해를 살면서 '그럴 수도 있다'는 말을 한 번도 들어 본 적이 없었다. 부모의 엄격한 훈육하에 세상만사는 '해야 하는 일'과 '해서는 안 되는 일'로 나뉘어 있을 뿐이었다. '그럴 수도 있는 일'처럼 넉넉한 표현 같은 건 존재하지 않았다. 그럴 수도 있다는 식의 말은 뭐랄까…… 좀 비겁하다고 여겨 왔다.

이를테면 이런 거다. 공부를 열심히 했지만 시험을 '망칠 수도 있다'? 그럴 수는 없다. 시험을 망쳤다면 준비 과정이 얼마나 치열했든 결과적으로 공부를 열심히 하지 않은 것과 다름없다.

좋아하는 친구에게 '말실수를 할 수도 있다'? 그럴 수도 없다. 정말로 좋아하는 친구라면 매사에 조심스러워야만 한다.

부모님을 '실망시킬 수도 있다'? 오, 그럴 수는 없다. 부모님이 실망하지 않도록 내가 더욱더 최선을 다했어야 한다.

성실하려고 노력했지만 '지각할 수도 있다'? 그럴 수는 없다. 결과 앞에서 노력은 아무 변명이 되지 않는다.


그런데 선생님은 '그럴 수도 있다'고 말했다. 혼란스러웠다. 스스로 못나고 초라한 생각이라 치부해 온 것들이, 좋은 학생이 되는 기준을 한껏 밑도는 모습이 어떻게 그럴 수도 있는 것인지 납득할 수 없었다. 내게 익숙한 반응은 비난이나 호통이어야만 하는데, 예상치 못한 답변에 나는 잠시간 아무 말도 못 하고 가만히 앉아만 있었다.

이윽고 저 멀리서부터 '우당탕탕' 석식을 다 먹은 아이들이 건물로 달려오는 소리가 들렸다. 나는 이제 그만 교실로 올라가 봐야겠다며 자리를 정리하는데 선생님이 그냥 올라가라고 손을 내저었다. 그리고 기지개를 켜며 이렇게 말했다.

"어휴, 나도 이제 일하러 가야지. 오늘 당직 서기 진짜 싫다. 그리고 너, 너무 전전긍긍 열심히 공부하려고 하지 말고, 야자도 적당히 하고 가서 쉬어."

마음에서 쿵 하는 소리가 들리는 것 같았다. 선생님의 입에서 나온 저 문장들은 내가 어른들에게 갖고 있는 기대에 완전히 위배되는 말이었다. 모름지기 어른이라면 자신의 일에 불평불만하지 않아야 한다고 믿어 왔고, 어른은 그 어떤 어려움에도 자신의 본분을 다하는 사람이라고 여겨 왔기 때문이다. 특히나 선생님이라는 직업을 가진 어른이라면 더욱 그럴 줄 알았다. 그런데 공부를 너무 열심히는 하지 말라니…… 내 기준대로라면 이 선생님은 어른에 한참 못 미쳤다.

그런데 희한하게도 그 어떤 어른보다도 근사해 보였다. 여태껏 쉴 틈 없이 쪼개지며 점점 발 디딜 곳이 줄어드는 빙판 위에서 깡충거리며 위태롭게 버텨 온 기분이었는데 비로소 푹신하고 따스운 풀밭 위로 옮겨진 것만 같았다. 선생님의 넉넉한 마음 한 귀퉁이에서라면 맘 놓고 편히 쉴 수 있을지도 모른다는 느낌이 들었다.

지금 와 생각해 보면 그때 내가 느낀 건, 안전함이었다. 어떤 말과 행동을 보여도 나를 도덕적으로 비난하거나 판단하지 않을 거라는 안전함 말이다. 그래서 나도 그 앞에서 더 솔직해질 수 있었던 것이다.

따지자면 당시 나는 선생님과 정반대의 사람이었다. 나에게도 남에게도 한껏 빡빡한 기준을 들이밀며 행동 하나하나를 판단해 왔다. 열아홉 해를 살아오는 동안 엄마의 엄격한 모습 때문에 숨이 막혀 괴로워하면서, 나도 보고 배운 대로 똑같이 해 오고 있었던 셈이다. 나는 나를 숨 막히게 했고, 아마 친구들까지도 나 때문에 숨 막히는 기분이었을지도 모른다. 슬프지만 장담할 수 있다. 나의 마음 한 귀퉁이에서 쉴 수 있을 거라 생각한 친구는 단 한 명도 없었을 거다. 내 마음은 그렇게 넉넉하지 않았다.

친구들이 장난처럼 하는 말에 일관성을 진지하게 따지는 바람에 몇 번 갈등이 발생했던 적이 있다. 나는 특히 일관성에 예민했는데, 지난번에 했던 말과 달라지는 친구의 행동에 대해 왜 지난번 말과 이번 행동이 다르냐고 굳이 따져 물어야만 직성이 풀렸다. 친구가 아니라 흡사 청문회 위원처럼 질문들을 던졌다. 물론 친구들을 곤란하게 하려는 의도는 결코 아니었다. 내 딴에는 더 이해하려는 의도였다. 친구들의 모순적인 모습을 발견했을 때, 거기에 대해서도 다시 구체적인 설명을 들어야지만 그들을 제대로 이해할 수 있다고 생각했다.

친구끼리는 이해를 할 수 있어서 이해하는 게 아니라 그저 이해하게 되는 것임을, 그땐 몰랐다.


교실로 올라와 자리에 앉자마자 친구들이 우르르 들어왔다. 내가 얼마나 따뜻하고 충격적인 크림수프를 먹었는지 알 리 없는 친구들은 오늘 석식이 얼마나 맛있었는지 아냐며 안타까워했다. 이내 야자 시간 시작을 알리는 종소리가 울려 퍼졌고, 우리는 평소처럼 각자 자리에 앉아 저마다 졸음 혹은 잡생각과 사투를 벌이며 문제집을 풀어 나가기 시작했다.

나는 도저히 집중이 되지 않아 한 문제도 풀 수가 없었다. 같은 지문을 읽고 또 읽어도 머릿속에는 한 글자도 들어오지 않았다. 내 집중력은 잡생각에 완전히 KO패를 당했다.

＊

불현듯 지난 3월 모의고사 성적표가 나왔던 날이 떠올랐다. 나는 그 모의고사를 유난히 잘 쳤음에도 스스로에게 굉장히 화가 나 있었다. 수학 성적 때문이었다. 수학은 내가 평소에 가장 자신 있었던 과목이었고 항상 만점을 기대해 온 과목이었는데, 고3 첫 모의고사에서 두 문제를 틀려 버린 것이다. 기대 이상의 성적을 낸 다른 과목 같은 건 좀처럼 위로가 되질 않았다.

고등학교 3학년이 되면서 스스로 다짐했던 게 있다. 아무리 친한 친구라 해도 성적에 관한 소회를 털어놓지는 말자는 것이었다. 모름지기 고3이란 겉으론 아무 문제 없어 보이는 대화에서조차 예민해지는 시기인지라 꼴랑 시험 성적 따위로 친구 관계에 균열을 내고 싶지는 않았다.

그런데 그 다짐은 한 달도 안 되어 무너졌다. 3월 모의고사에서, 그것도 가장 자신 있었던 수학에서 미끄러지자, 자제력을 잃고 가장 친한 친구인 민지에게 볼멘소리를 하고 만 것이다. 만점일 줄 알았는데 두 문제나 틀렸다는, 그 재수 없는 불평을 들으며 민지가 어떤 반응을 보였는지는 잘 기억나지 않는다. 그때 민지의 표정을 좀 더 면밀히 살폈어야 했단 후회를 한 건 그로부터 한참 뒤였다.

몇 달 뒤, 야자 시간에 민지와 석식 먹으러 가는 길이 엇갈리는 바람에 다른 친구의 휴대폰을 빌려 연락할 일이 있었다. 다른 친구 휴대폰으로 민지의 전화번호를 찾아 들어갔는데, 몇 달 전 민지가 발신한 문자 메시지가 한 통 있었다.

'아, 걔는 이번에 수학 몇 개 틀린 것 가지고 지랄이야. 진짜 재수 없어.'

0.1초 만에 알 수 있었다. 문자 속의 '걔'는 나였다. 반론의 여지가 없었다. 재차 확인했지만 발신인은 민지 번호가 맞았다.

얼굴이 화끈거리고 심장이 빨리 뛰기 시작했다. 손도 벌벌 떨려서 아무 버튼도 누를 수가 없었다. 민지에게 미안한 마음과 휴대폰 주인인 친구에게 창피한 마음이 동시에 걷잡을 수 없이 뒤섞였다. 휴대폰을 황급히 닫고 친구에게 돌려줬다. 영문을 알 리 없는 친구는 왜 전화를 하지 않고 그냥 돌려주느냐고 의아해했지만, 석식을 민지랑 함께 먹느냐 마느냐는 더 이상 내게 중요한 문제가 아니었다.

그때도 석식을 거르고 운동장 구령대 계단에 홀로 앉아 계속 생각했다. 내 성미를 못 이기고 민지에게 내보였던 불평은 엄밀히 따지자면 '지랄'도 맞고 '재수 없는' 소리도 맞다. 몇 달이 지난 지금이라도 사과를 해야 할까? 괜히 긁어 부스럼을 만드는 건 아닐까?

그런데 왜 민지는 몇 달간 나에게 내색하지 않고 계속 좋은 친구처럼 대해 줬을까. 고새 혼자서 나를 용서한 걸까. 아니, 근데 애초에 이게 용서받을 수 있는 말실수인가? 그럴 수는 없다. '반드시 해야 할 일'과 '절대로 해서는 안 되는 일' 두 가지밖에 없는 내 세계관에서 가장 좋아하는 친구에게 하는 말실수는 후자에 속했다. 절대로 용서받을 수 없는 일이었다.

생각은 꼬리에 꼬리를 물고 계속됐지만, 정답이 있을 리가 없었다. 어느새 석식 시간은 끝나고 운동장에 흩어져 있던 학생들이 하나둘 건물로 들어가고 있었다. 나도 마지못해 구령대 계단에서 일어나 교실로 돌아갔다. 교실에 앉아 있을 민지의 얼굴을 어떤 표정으로 마주해야 할지 답은 찾지 못한 채였다.


결론부터 이야기하자면 나는 그날 민지에게 3월 모의고사에 대해 토씨 한 글자도 꺼내지 못했다. 교실로 들어가자마자 민지가 나를 향해 으르렁거리듯 "야! 너 어디 갔다가 이제 와!

너 찾으려고 급식실 전부를 뒤지고 매점이랑 상담실, 교무실까지 다 돌아다녔잖아. 연락도 없이!" 하며 달려들었기 때문이다. 어깨동무를 했다가 자연스럽게 내 등 뒤에 어부바 자세로 매달려 "어디에 가 있었냐?"고 익살스럽게 묻기에 대충 톤을 맞춰 장난스럽게 대답해 주었다. 등에 매달려 있는 민지가 어색하게 웃고 있는 내 표정을 보지 못해 다행이었다.

그 이후로도 민지와 잠자는 시간 빼고는 전부 함께일 만큼 붙어 있으면서도 그 일을 입에 올리지는 않았다. 민지를 포함해 친구들과 즐거운 시간을 보내다가도 순간순간 여러 가지 감정이 동시에 차올랐다. 도저히 잊히지가 않았다. 처음에는 민지의 기분을 헤아리지 못하고 불평만 털어놓은 게 너무 미안하고 창피했는데, 점점 나한테 '지랄이야' '재수 없어'라는 말을 한 민지에게 서운한 감정도 들기 시작했다. 그렇게까지 이야기해 놓고 여전히 나랑 친구로 지내는 이유까지 의심스러울 지경이었다.

아주 가끔씩은 민지에게 따져 묻고 싶은 충동이 일었다. 너는 나를 진짜 용서한 것이냐고, 왜 나를 험담하는 문자 메시지를 보내 놓고도 나와 여전히 친구로 지내고 있느냐고, 너한테 나는 재수 없는 애 아니냐고 말이다. 앞서 말했듯이 나는 소중하게 지키고 싶을수록 파괴해 버리고 싶은 괴팍한 욕구에 시달리는 불온한 파수꾼이니까, 민지와의 우정이 유난히 소중하게 느껴지는 날이면 더욱 그런 충동이 들었다.

특히 오늘 낮 동안 그랬다. 그래서 석식을 먹지 않고 그냥 교실에 혼자 남아 있었던 거다. 굳이 물어보지 않으려고, 나만의 고요함 속에서 평정심을 지키려고, 민지와의 우정을 지키려고.

\*

고요한 교실 천장에 매달려 있는 스피커가 찢어질 듯 큰 소리로 종을 울렸다. 어느새 야자 시간이 끝난 모양이었다. 미리 가방을 싸 두고 종소리만을 기다리던 친구들은 용수철처럼 복도로 튀어 나갔다. 난 결국 오늘 공부를 한 글자도 못 했다. 그래 놓고도 야속하게 배는 고팠다.

마침 민지가 내게 눈빛을 보내왔고, 우리는 교문을 나서자마자 약속한 듯이 자연스럽게 길 건너편의 편의점으로 들어갔다. 레토르트 곱창볶음을 전자레인지에 넣어 시간을 맞춰 데운 뒤 간단한 식사를 위해 마련된 바 테이블에 비스듬히 기대서서 수다를 떨었다. 민지는 평소에 우리가 둘 다 재수 없다고 생각해 온 다른 반 친구의 험담을 이어 가느라 잔뜩 흥분해 있었다.

왜 그때 그런 용기가 났는지 모르겠다. 나는 3월 모의고사 이야기를 꺼냈다. 차마 네가 다른 친구에게 보낸 문자를 내가 봤다고 털어놓지는 못하고, 시기와 세부적인 내용은 헷갈리는 척 어물쩍거리면서 물었다.

"근데 너 기억나? 왜 3월 모의 때였나 4월 모의 때였나…… 내가 수학 한 문젠가 두 문젠가 틀렸다고 승질냈잖아. 그거…… 지금 생각해 보니까 그거 좀 재수 없었던 것 같아."

여기까지 말하고 민지의 표정을 살폈다. 민지는 뜬금없는 과거 소환에 '갑자기?'라는 표정을 지었다. 나는 용기를 쥐어짜 물었다.

"나 재수 없지 않았어?"

막상 질문하고 나니 민지가 뭐라고 대답할지 걱정됐다. "기억 안 나."라고 말한다면 괜히 긁어 부스럼을 만든 꼴이고, "아냐, 재수 없다고 생각한 적 없어."라는 말을 들으면 거짓말하는 민지에게 실망할 것 같았고, 그렇다고 "응, 재수 없었어."라는 말을 들으면 내가 상처받을 텐데…… 하는 순간 민지가 대답했다.

"어! 말해 뭐해. 너 그때 엄청 재수 없었어. 다시 생각해도 짜증 나네."

상처를 받았다. 심장이 지구 반대편까지 떨어지는 기분이었다. 우리의 우정이 이렇게 끝나는구나, 고작 이 편의점 레토르트 곱창볶음이 우리의 마지막 추억이 되는구나 싶어서 눈물이 찔끔 났다.

우습지만 나는 그 와중에도 버릇이 튀어나왔다. 민지에게 "근데 너는 왜 나랑 친구를 계속했냐고, 옆 반에 걔는 재수 없다고 싫어하면서, 그럼 너는 사실 나랑도 가까이 지내고 싶지 않은 게 아니냐" 따져 물어 버린 것이다.

"얘 뭐라는 거야. 어떡하냐 그럼? 니가 재수 없는 소리 한 번 했다고 절교해?"

민지가 이어 말하길 자기는 "뭐, 한 번쯤 재수 없는 소리 할 수도 있지." 정도로 받아들이고 넘어갔으니 괜히 더 짜증 나게 하지 말고 조용히 곱창이나 먹으랬다. 그 기세에 눌려 더 이상 뭘 묻지는 못했다. 민지는 내가 재수 없었다는 사실을 부인하지도 않았지만 그렇다고 나랑 친구 관계를 끝낼 생각도 딱히 없어 보였다. 민지한테 그 일은 별일이 아닌 모양이었다. 나 혼자 반년 동안 전전긍긍하며 머릿속으로 드라마 몇 편을 찍은 거다. 왜였을까?

마침 크림수프 선생님을 만나고 돌아온 터라 답을 이미 알고 있었다. 나는 좀처럼 넉넉함이라곤 없는 사람이니까. 세상의 모든 문제를 엄격하고 정확하게 '반드시 해야 할 일'과 '절대로 하지 말아야 할 일'로만 나누는 사람이니까. 내가 반대로 민지의 입장이었다면 어땠을지 상상해 봤다. 끔찍한 결말이지만 나는 민지처럼 하지 못했을 게 분명하다. 재수 없다고 느꼈다면 그대로 친구 관계를 종결했을 것이다. 아무리 친구래도 엄격하고 정확하게 심판했을 것이다.

재수 없는 모습이 있어도 친구라고 품어 줄 수 있는 여유가 내겐 없었다. 선생님에게도 민지에게도 있는 그 여유 말이다. 나는 매사에 파수꾼처럼 잔뜩 긴장한 채로 완벽에 흠집이 날까 전전긍긍하기만 한다. 어떤 실수나 흠집도 허용할 수 없다는 듯이. 약간의 균열이 생겼다면 그냥 좀 유지 보수를 하면 될 텐데, 나는 작은 균열만으로도 내 인생이 전부 끝나 버린다는 듯이 굴었다.

그날, 그러니까 민지와는 곱창볶음을 나눠 먹고 선생님에게는 크림수프를 얻어먹은 그날 집에 돌아오자마자 일기를 썼다. 빈 공책에 다짐하듯 써 내려갔다.


선생님과 민지를 닮고 싶다.

여유 있는 사람이 되고 싶다.

엄격하기보다 유연한 사람이 되고 싶다.

묻고 따지는 대신 '그럴 수도 있지.'라고 말하는 사람이 되고 싶다.


더는 불온한 파수꾼 모드로 살고 싶지 않았다. 너무 소중해서 완벽하지 못할 바에야 전부 망가져 버리길 바라던 충동은, 조그만 흠집을 발견하더라도 나에게 소중한 것이라면 그대로 소중히 여기자는 다짐으로 바뀌었다.

*

　10대 시절 노트에 써 내려갔던 그 다짐들 중 몇 가지를 해냈
는지는 모르겠다. 지금쯤이라면 적어도 10대 시절보다는 조금
더 유연하고 여유 있는 사람이 되었을 거라고 스스로 믿고 있
을 따름이다.

　호의라는 건 논리와 이성의 산물이 아니라 마음이 시키는 일
이다. 그냥 사방이 쿠션으로 둘러싸인 안전지대 같은 거다. 그
렇다면 나는 그 쿠션 위에서 힘을 뺀 채로 몸을 튕기며 조금 놀
아 보아도 될 일이다.

　물론 지금도 예전처럼 불온한 파수꾼 모드가 발동할 때가
있다. 그럴 때마다 이런 말을 되새긴다. **나에겐 장점만큼이나
수많은 단점이 있지만, 그런 것들을 하나하나 따지지 않고도 그
냥 나라서 아끼고 사랑하는 사람들이 있다.** 내가 아끼고 사랑
하는 사람들에게도 마찬가지다. 그들도 사람인지라 어쩔 수 없
이 많은 장점만큼이나 많은 단점도 갖고 있겠지만, 그런 것들
과는 별개로 그냥 친구이기 때문에 가족이기 때문에 아끼고 사
랑할 수 있는 넉넉한 마음이 필요하다. 좋아하는 이들에게라면
엄밀한 심판을 유보하고 그들이 자유롭고 편하게 쉴 수 있도

록, 쿠션으로 둘러싸인 안전지대를 마련해 주어야 한다.

　이미 30여 년 전 '시인과 촌장'이라는 옛 가수는 이런 노랫말을 썼다. 내 속에 내가 너무 많아서 당신의 쉴 곳이 없다고, 쉴 곳을 찾아 날아온 새들은 전부 내 가시에 찔려 도망가 버린다고, 그리하여 나는 외롭고 괴로워서 슬픈 노래를 부를 뿐이라고 말이다. 이 노래의 제목은 〈가시나무〉다.

　민지와 선생님이 만들어 준 안전지대를 경험해 보지 못했다면 나는 평생을 가시나무처럼 살았을지도 모른다. 내게 호의를 가진 사람들에게조차 가시를 내밀며 내쫓아 버리고, 마침내는 척박한 땅에서 혼자 외롭고 괴롭게 노래만 불렀을지도 모를 일이다. 하지만 운이 좋게도 지금 내게는 여러 마리의 새가 있다. 힘이 들 때면 그들이 만들어 준 안전지대를 찾아가 몸을 누인다. 감사하게도 그들을 내 곤궁한 안전지대에 눕힐 수 있는 기회도 더러 있었다.

　나는 다시는 가시나무 시절로 돌아가지 않을 것이다. 타고나길 넉넉한 마음을 지닌 사람들보다 몇 배 몇 곱절의 노력을 해야 한다고 해도 모두 감수하겠다. 전전긍긍하는 파수꾼이나 외로운 가시나무보다 그편이 훨씬 낫다는 걸, 이제는 안다.

# 밤, 온순한 일탈의 밤

)

방금 읽으셨다시피 수능을 앞두고까지 전전긍긍하며 살았으니 일탈이라 말할 경험이 별로 없습니다. 그저 밤늦게 공부하다 말고 지지직거리는 카세트의 주파수를 맞춰 이어폰으로 심야 라디오를 듣는 것 정도가 일탈이었어요.

그래서인지 나이에 비해 조숙한 음악 취향을 갖게 되었습니다. 제 또래 친구들이 샤이니, 소녀시대, 2NE1, 2PM 같은 신곡들에 미쳐 있을 때 저는 윤상과 전람회에 빠져 있었더랬죠. 참고로 윤상은 제가 태어나기도 전에 데뷔했고, 전람회는 제가 걸음마를 시작할 때쯤 데뷔했답니다. 친구들로부터 '할매 취향'이라고 놀림도 참 많이 받았습니다. (취향을 존중합시다, 우리!)

근데 원래 어렸을 때 노안이 나중에 동안 되는 거 아시죠? 바로 그 할매 취향 덕분에 라디오PD가 되었고, 그 덕분에 이제는 친구들 중 제가 요즘 신곡에 제일 빠삭합니다. 별것 없다 여겨 왔던 온순한 일탈이 지금 제 모습을 만든 셈이네요. 요즘은 학창 시절 즐겨 듣던 심야 라디오를 직접 연출하며 지내고 있습니다. 어딘가 저처럼 심야 라디오로 온순한 일탈을 벌이는 사람들이 있을 거란 믿음으로요.

✦

나를 선명하게 감각하는 시간은
모두에게 똑같이 흐르는 수업 시간이 끝나는
밤이 되어서야 시작되었다. 비밀이 태어나고 존재하는 시간을
가득히 보내고 나면 다시 내일이 온다.

# 너의 밤이 머무르는 곳

황혜지

**황혜지**

0.5평의 독서실 책상에서 대부분의 밤을 보낸 10대 때의 나는,
청소년들이 마음껏 관심사를 따라 탐색해 볼 수 있는 제3의 공간을 만든다.
이전엔 교육자들이 학교 밖에서 실험을 시도해 볼 수 있는 라이브러리를,
지금은 이야기를 사랑하는 청소년을 위한 라이브러리를 운영한다.
새로운 공간에서 감각하는 다른 낯선 첫 경험들을 만들며 살고 싶다.
과연 내가 10대 때 머물렀던 밤의 시공간들은 어떤 모습이었을까?

하루에 두 시간은 온전히 나에게 쓰기. 올해 단 하나의 목표다. 딱히 뭔가 이룰 게 있어서 그런 건 아니다. 정말 물리적인 시간이 필요했다. 그 시간 동안 하는 건 매일 다르다. 오늘 새로 발견한 것들을 적는 관찰일기, 매일의 습관을 기록하는 용돈 및 운동 기록장, 하루 한 장 그림 노트를 차곡차곡 쓴다. 서점에 갔다가 읽고 싶은 마음에 사 두었던 책들을 골라 읽거나 향을 피워 두고 멍때린다.

이렇게 두 시간을 보냈다면 손꼽는 생산적인 날이다. 보통은 좁은 소파에 몸을 구겨 누워 넷플릭스를 보거나 인스타그램을 한다. 두 시간은 금방이다. 미래를 위해 투자하거나 공부하는 건 더욱 아니다. 노력은커녕 손만 겨우 까딱 할 수 있는 날들이 더 흔하다. 내가 오늘 끌어다 쓴 에너지를 충전하는 하나의 방법이다.

겨우 얻은 두 시간을 풍요롭고 쓸모없게 보내기 위해 아주 세심하게 물건과 가구를 골랐다. 월세 집 옵션으로 달린 흰 형광등부터 껐다. 딴짓을 하다가 잠들어도 괜찮은, 아늑한 분위기를 내는 노란 조명을 곳곳에 달았다. 시선이 닿는 곳엔 여기저기 다니며 모은 포스터와 엽서를 벽에 잔뜩 붙였다. 손이 닿는 곳엔 생각이 도망가기 전에 붙잡아 쓸 수 있도록 지난달 북페어에 갔다가 산 메모지, 고등학교 때 잔뜩 사 두고 아끼느라 아직도 다 쓰지 못한 포스트잇, 판촉물로 받았지만 감이 좋아 닳는 게 아까운 출처 모를 펜을 두었다. 추울 때 덮을 담요와 목과 허리가 뻐근할 때 소파와 몸 사이에 끼워 넣을 쿠션도 소파 위에 여러 개 던져두었다.


애석하게도 방의 모든 가구를 마음에 드는 걸로 갖출 순 없었다. 욕망과 잔고는 늘 이케아에서 타협한다. 집에 놀러 온 친구들이 어디서 샀냐고 물어보면 백이면 백, 이케아다. 이케아 쇼룸이라고들 한다. 방에 제발 들어가기를 기도하는 마음으로 여러 번 줄자를 당기며 고른 9만 9천 원짜리 소파에 2만 9천 원짜리 소파 테이블 하나면 두 시간 나기에 충분하다. 소파 옆엔 새로운 취미를 시작해 보겠다며 야심 찬 마음으로 산 45만 원짜리 전자 피아노도 있다. 산 지 2년이 지났지만 한 곡도 채 못 친다. 소파 옆에 놓인 책은 한 달 내내 읽었지만 목차 하나다 못 읽었다. 그래도 괜찮은 정답도 목표도 없는 시간을 늘어지게 보내고 나서야 내일을 맞이할 엄두가 난다.

언니가 결혼하고 나서 월세 집이나마 온전한 내 방을 가지게 된 지금의 이야기다. 고등학교를 졸업하고 10년이 넘도록 서울에서 지낼 땐 늘 언니와 같은 방을 나눠 썼다. 가벼운 통장 사정에 취향은 항상 졌고 같은 방에 두 개의 취향이 공존할 수는 없었다.

그래도 잘 싸워 보고 싶었다. 날씨가 선선한 밤엔 좋아하는 공간을 찾아 학교 옥상을 오르고, 0.5평의 독서실 책상을 괜히 꾸며 보기도 하고, 친구들과 북적거리며 걷는 와중에도 좋아하는 분식집을 찾았다. 나를 선명하게 감각하는 시간은 모두에게 똑같이 흐르는 수업 시간이 끝나는 밤이 되어서야 시작되었다.

## 저녁 여섯 시, 학교 옥상에 누워 빵또아를 먹으며

저녁 급식은 점심보다 30분 길어서 좀 더 여유로웠다. 들소 떼가 쫓기듯이 치열하게 뛰지 않고 우아하게 걸어가도 좋아하는 반찬 떨어질 걱정 없이 마음껏 먹을 수 있었다. 친구들은 내게 "너는 어떻게 맨날 '잔반 없는 날'이냐."고들 했다. 한 달에 한 번 '잔반 없는 날'엔 잔반통이 없어서 급식 판에 받은 음식을 무조건 다 먹어야 식기를 반납할 수 있었는데 나는 그런 날을 지정해 둔 것이 무색할 정도로 매일 남김없이 급식을 먹어 치웠다.

요즘은 배탈이 난 날 약을 찾다 디톡스를 결심하며, 친구 결혼식 앞두고 옷을 입다 다이어트를 떠올리며, 어쩌다 얻어걸린 환경 다큐멘터리 보다가 반성하며 가끔 채식을 시도한다. 여전히 식탐을 감출 길 없지만 15년 전엔 급식 판을 씹어 먹을 기세로 가리지 않고 먹었다.

엄마는 스스로 채식주의자라고 부르지 않았지만 생각해 보면 '페스코 베지테리언(유제품, 달걀, 생선까지 섭취하는 준 채식주의자)'에 가까운 '플렉시테리언(채식주의를 지향하며 허용된 기준 안에서 육류를 먹는 채식주의자)'이었던 것 같다. 바닷가 가까이 살았던 터라 시장의 50퍼센트를 차지하는 생선과 해산물까지

뺄 순 없었던 게 그때의 나에게 다행이었을까. 식탁에 토끼가 뛰어다니는 집밥을 먹다 고기가 올라간 급식을 받으면 그렇게 황송할 수가 없었다. 두 판씩 싹싹 긁어 먹고 후식까지 야무지게 챙겨 먹었다. 빵이 양쪽에 샌드위치처럼 붙은 '빵또아' 아이스크림을 자주 사 먹었는데, 꼭 학교 옥상에서 먹어야 꿀맛이었다.

위험하다고 옥상 문을 닫아 두는 다른 학교들과 달리 항상 옥상 문이 열려 있었다. 자연스럽게 친구들과 밥 먹은 뒤 향하는 장소가 운동장과 옥상으로 나뉘었는데 운동장은 조금이라도 움직여 소화 겸 다이어트를 하는 친구들이 선호했고, 옥상은 누워서 조용히 하늘이나 보고 얘기나 하는 친구들이 선호했다. 나는 옥상이 더 좋았다.

학교 주소에 '산 00번지'가 쓰여 있지 않은 학교가 없는 부산의 학생들은 아침마다 평지에서 산 중턱까지의 등산이 필수 코스다. 힘겹게 오른 딱 그만큼 학교 옥상에선 여느 전망대 부럽지 않을 정도로 온 동네가 훤히 보였다. 그 시간에 불이 가장 밝은 곳은 틀림없이 이웃 고등학교들이었다. 옥상 바닥에 누워 공부하기 싫다고 넋두리 몇 마디 하다 보면 어느새 쉬는 시간은 다 흐르고 교실로 뛰어가기 바빴다. 딱 아이스크림 하나 먹을 시간이었다. 그 찰나의 순간에도 거의 이틀에 한 번은 매번 다른 친구들의 깜짝 생일 파티가 열리고, 밀린 학원 숙제를 팔 빠지게 베끼고, 똑같아 보이는 사진을 100장 넘게 찍었다. 빵이 붙어 있어서 이가 좀 덜 시린 '빵또아'도 못 먹을 겨울이 오면 아쉽게도 옥상으로 가는 건 그만둬야 했다. 그리고 강아지가 산책 기다리듯 다시 옥상에 갈 수 있는 때를 목 빠지게 기다렸다.

옥상엔 계절의 시간이 흘렀다. 하루 종일 매시 매분 단위로 시간표에 맞춰 움직이다가도 옥상에서만큼은 시계와 달력이 필요하지 않았다. 계단을 다 올랐을 때 어느새 빨리 어두워져 있다면 틀림없이 찬 바람이 불었고, 대낮같이 밝을 땐 아이스크림이 금세 녹아 버렸다. 모의고사를 더 자주 풀고 매초 단위로 시간을 쪼개 쓰기 시작한 고3 때는 하루 중에도 옥상을 더 자주 그리워했다.


저녁 여덟 시, 칸막이로 둘러싸인 0.5평의 세계


시키는 건 열심히 했다. 남들보다 시간은 오래 걸려도 지지고 볶으며 하다 보면 무엇이든 더 알게 되거나, 안 풀리던 문제가 풀리는 단순한 쾌감을 좋아했다. 매일 옥상에서 죽겠다고 하면서 버티며 공부하다 보면 운 좋게 그 덕을 볼 때가 있었는데 그중의 하나가 야간 자율 학습 시간에 교실이 아닌 독서실 책상을 선택할 수 있는 권리였다. 독서실 책상이 가득 모인 방을 '정독실'이라고 불렀는데 쟁취해 낸 선택지치고 잔인한 구석이 있었다. 시험을 잘 본 순서대로 자리 선택권을 준다는 점이다. 그 방에서만큼은 어쩐지 늘 선택권이 없어서 남는 자리를 도맡았다.

하필 매번 남는 자리는 문 바로 옆자리라 겨울엔 오래되어 뒤틀린 학교 나무 문 사이로 들어오는 냉기가 필터도 없이 직진했다. 봄에도 나만 수면 양말을 찾아 신었다. 이게 좋은 건지 나쁜 건지 공부를 하라는 건지 말라는 건지 헷갈렸지만 '잠도 깨고 좋지.' 하면서 스스로 최면을 걸었다. 우리의 전교 1등은 따스한 햇볕이 들어오는 자리에 늘 앉았는데 비켜 줄 리도 만무하고, 갈 수도 없었다.

덕분에 0.5평 남짓한 끄트머리 책상을 내 것같이 여기게 되었다. 다양한 방법으로 내 자리에 대한 애정을 드러냈다. 첫째, 책상의 곳곳을 자주 돌본다. 떠날 자리다 싶으면 더럽든지 말든지 참고 쓰고 떠날 텐데 계속 똑같은 자리에 앉으니 괜히 연필 자국도 지우고 뜯어진 나무도 매직으로 칠해 본다. 하나하나 매만지다 보면 어느새 책상을 진심으로 쓰다듬고 있다. 둘째, 꾸며 본다. 좋아하는 연예인 사진, '잠들면……'으로 시작하는 온갖 협박성 문구들이 적힌 동기부여용 명언 모음, 시간표, 가고 싶은 학교 사진, 친구가 이상하게 끄적인 낙서들이 하나하나 자리 잡는다. 셋째, 주변의 요구를 반영한다. 시간표를 보러 오는 사람, 치약을 빌리러 오는 사람, 말 걸러 왔다가 간식 먹고 가는 사람, 메모장 빌리러 오는 사람…… 요구에 따라 생필품도 갖추게 된다. 치약도 큰 걸로 준비해 두고, 메모지도 용도에 따라 여러 개, 컵도 기분에 따라 골라 쓰거나 여차하면 빌려줄 요량으로 종류별로 들여놓는다.

결국 책가방 하나 메고 정독실에 들어왔는데 졸업할 땐 아빠 차 뒷자리와 트렁크까지 짐을 가득 실어 나갔다. 아빠가 "이 좁은 자리에서 뭐가 자꾸 나오느냐"고 물어보셨는데, 나도 의문이었다. 딱 10년 뒤 지금의 집으로 이사할 때 원룸 월세방을 빼며 토씨 하나 틀리지 않는 똑같은 질문을 다시 들었다. 여전히 의문이다.

그렇게 오랜 시간 차곡차곡 돌본 0.5평의 공간에 앉으면 내 자리라는 안도감이 들었다. 작은 칸막이 안에서 공부가 안 된다며 울다가, 내일 생일을 맞이하는 친구에게 편지를 쓰고, 농땡이 치며 뮤직비디오만 내내 보기도 했다. 어느 날엔 수학에 도전했다가 좌절하고, 어느 날엔 국어 지문 한 단락만 읽고 나왔다. 공부가 잘되는 것 같아서 호기롭게 푼 영어 문제를 몽땅 틀려서 오답 노트를 자르다가 시간을 보내기도 하고, 지리 수업 시간에 놓친 필기를 하다가 지도 그리기에 심취해 한반도만 여러 버전으로 수십 개를 그리기도 했다. 그러다 지치면 책상에 붙여 둔 갖가지 것들을 둘러보며 이 학교 저 학교, 이 쪽지 저 쪽지로 눈 산책을 다녔다. 새로운 계절엔 대청소를 하며 괜히 쪽지들의 배치를 바꿨다.

　　청소 후에 책상 불을 켜면 꼭 다른 공간이 된 것만 같았다. 그 좁은 곳에서 시간의 모양은 매번 달랐다. 같은 자세로 같은 시간에 울리는 종소리에 따라 움직이면서도 0.5평 안에서 나름 한 문제라도 더 풀었을 테고 문제가 안 풀리는 날엔 딴짓의 스킬이 부쩍 늘기도 했으니까.

　　칸막이 책상은 지겨울 만큼 앉아서 더는 찾지 않지만 나만의 공간이 필요할 땐 그곳이 0.5평이든 15평이든 여전히 부산스럽게 군다. 어느 하나 손닿지 않은 곳 없이 첫째부터 셋째 방법까지 다 챙겨 꾸민다. 이젠 누가 선택지를 주지 않아도 어디든 나만의 공간을 만들 수 있는 방법을 고민하고 시도해 보는 어른이 되었다. 좋아하는 포스터 앞에서 살까 말까 수 백 번 망설이지만 그래도 용기 낼 수 있는 작고 소중한 카드도 있지 않은가.

## 저녁 열 시, 팬시점에서 정류장까지 500미터

같은 옷을 입고 같은 책을 사고 같은 밥을 먹는 친구들이 각자 다를 수 있는 시간이 있다. 역시 내 돈 쓸 때다. 한 시간 내내 고민하고 쉬는 시간 10분 안에 뛰어 내려가서 붐비는 매점을 뚫고 과자 하나를 사 오는 순간 말이다. 쾌감은 짧다. 교실에 도착하자마자 '한 입만' 하며 금세 달라붙는 친구들 때문에 과자는 거의 공공재에 가까웠다. 결국 반복되는 상황에 굴복해 점점 같이 나눠 먹기 좋은 간식을 골랐다.

포기하긴 이르다. 취향껏 혼자 끝까지 즐길 수 있는 간식을 고를 한 번의 기회가 더 남아 있는데 바로 야자를 마치고 집에 가는 시간, 지금이다. 같은 버스를 타는 친구들이 모여 내려가는 학교에서 정류장까지 500미터 남짓의 길엔 온갖 먹을거리가 널려 있었다. 서로 수틀리면 '나랑 안 맞는다.' '쟤 짜증 난다.' 이러던 친구들이 이 순간만큼은 서로의 취향을 100퍼센트 존중한다. 핫바, 쫀드기, 떡볶이, 불오뎅, 감자 핫도그, 꼬치 소스까지 겹치는 것 하나 없이 매일 다른 계획이 있다. 규칙은 위에서부터 차례대로 사면서 내려가되 각자의 간식 사는 시간을 기다려 주는 것이다. 그렇게 한 집씩 도장 깨며 버스 정류장에 도착하면 모두가 흡족한 간식 타임이 시작된다. 공동의 목표 아래 함께 만족할 방법을 찾은 우리는 버스 정류장에서 '오늘도 해냈다.'는 뿌듯한 마음을 안고 "오늘도 너무 맛있었다." "시간이 딱딱 맞았다." "내일은 네가 먹은 걸 먹어야지."라며 다짐까지 한다.

한번은 길의 시작점에 서서 다른 반 친구를 기다리는데 같이 기다리던 친구가 "내가 떡볶이 산다!"고 갑자기 선언했다. 웬일인가 싶어서 냉큼 딴 데 정신 팔린 애들까지 모아서 "얘가 떡볶이 쏜대." 하고 의기양양하게 나서서 알렸다. 그러고 나서 친구를 돌아보니 표정이 애매하니 이상해지면서 언제 그런 말을 했느냐며 펄쩍 뛰는 게 아닌가.

이미 변명하기엔 내 목소리가 너무 확신에 차 있었고 벌써 고마움을 표시하는 친구들을 말릴 수 없어 결국 친구가 용돈을 털어 떡볶이를 샀다. 나중에 알고 보니 팬시점에서 살 게 있어서 "나 하이테크 펜 산다!"라고 하는 걸 떡볶이를 먹고 싶던 내가 요상하게 잘못 듣고 섣불리 소문낸 거였다.

그날의 떡볶이 값은 지금껏 룸메이트로 5년째 한집에 살면서 성실히 갚고 있다. 월-화를 규칙적으로 쉬는 나와 몇 개월씩 몰아서 일하고 쉬는 친구의 일상, 무늬 없는 깔끔한 바탕색을 좋아하는 나와 작은 꽃무늬 패턴과 분홍색을 좋아하는 친구의 취향이 좁은 집에서 공존한다. 이제는 길을 다 걸어 내려와도 같은 버스를 타고 같은 집으로 간다. 친구는 분홍색 커튼이 달린 방으로, 나는 그림이 벽에 잔뜩 붙은 방으로.

각자의 방에서 오늘 뭐 먹을지를 치열하게 고민하다 치킨으로 낙점했다. 내가 좋아하는 브랜드에 친구가 좋아하는 순살 반반 구성으로. 그리고 이 치킨은 내가 쏜다.

밤 열두 시, 인생의 중요한 고민은 냉장고 앞에서

모두가 잠든 시간에 냉장고로 향하는 짧은 길은 천국과 지옥을 오간다. 누구도 내가 냉장고로 향한다는 사실을 알아서는 안 된다. 조용히 접근해 먹을 것만 얼른 빼 와야 한다. 양말을 신고 뒤꿈치를 살짝 든다. 장판이 들뜬 부분을 밟으면 소리가 나기 때문에 최대한 바닥과 발을 밀착시켜 끌듯이 걸어야 한다.

아직 끝이 아니다. 냉장고 앞에 도착했다면 그다음 미션은 냉장고 열기다. 깜깜한 밤의 냉장고 불빛은 누군가를 깨우기에 충분하기 때문에 최소한 새어 나오게 해야 한다. 문을 살짝 열고 온몸으로 냉장고 문틈을 가리고 서서 그 사이로 먹고 싶은 음식의 위치를 파악하고 손을 넣어 잽싸게 꺼낸다. 손으로 먹을 수 있는 거라면 다행이지만 수저가 필요한 경우 난도가 한 단계 상승한다. 수저는 하나만 뽑아 들기만 해도 방정맞은 '짜그락' 소리가 퍼지는 요주의 물건이기 때문이다.

그럴 땐 그냥 수저통을 통째로 들어 옮기는 방법이 안전하다. 하필 한가득 설거지를 해 둔 날이라면 무게를 감당하기가 쉽지 않다. 음식과 수저통까지 들고 방으로 돌아오는 길은 냉장고로 향할 때보다 더욱 멀다. 얼른 이 아슬함을 끝내고 싶은 마음에 급하게 걷다가 가족 중 누군가를 깨우는 날이면 오늘 야식은 굶는 데다 며칠 잔소리에 시달리니 끝까지 집중해야 한다.

조급한 마음을 내려두고 정성스레 한 걸음씩 딛다 보면 어느새 내 방문 앞……!이면 좋겠지만, 보통 이 시나리오는 냉장고 문을 열자마자 끝난다. 안방에서 소머즈 귀를 가진 엄마의 "닫아라." 하는 명령이 날아온다. 자유를 쟁취한 지금은 바깥에서도 먹고 집에서도 먹는 '내 돈 내 살'(내 돈으로 얻은 내 살)의 삶을 살고 있다. 새벽 두 시에 라면을 끓여도 누구도 뭐라고 하지 않지만 몸무게 숫자로 돌아오는 대가는 혹독하다.

변하지 않는 게 있다면, 문을 여닫는 그 짧은 순간만큼은 하루 중에서 가장 진지하게 인간의 본질과 인생의 의미에 대해 고민한다. 시도 때도 없이 배가 고픈 인간의 구조와 살을 빼고 건강해지고 싶은 욕심 사이에서, 노동의 스트레스를 날리고 진정으로 행복을 찾아 줄 흡족한 저녁과 내일 아침의 붓기 사이에서 갈등한다.

위장이 대단히 아프지 않고서야 앞선 고민이 무색할 정도로 먹는 쪽을 선택해 왔다. 위장은 나를 욕하겠지만 나름 이유가 다 있었다. 내가 왜 먹어야 하는지, 나는 왜 지금 배가 고프며,

내일의 공부를 지속하기 위해 이 야식이 얼마나 중요한가를 엄마에게 진심을 다해 설명했다. 그렇게 힘들게 얻어 낸 야식은 보통 과일이었다. 하지만 내게 필요한 건 더도 말고 덜도 말고 포만감 찐한 탄수화물이었다.

과일이 먹기 싫었던 어느 날 사과가 갈변했다고, 집에 오는 동안 쭈그렁 망태기가 되어서 먹기 싫다고, 말도 안 되는 투정을 부렸다. 그다음 날 집에 갔더니 웬일로 일찍 집에 온 언니가 눈을 반짝이며 얼른 사과를 먹어 보라고 했다. 사과 넣은 '감자 사라다'라도 만들었나 싶어서 기대하는 맘으로 덮개를 열었더니 아니나 다를까 뽀얀 사과가 썰어져 있는 게 아닌가. 썰어 둔지 얼마 되지 않았더라도 조금이라도 색이 변할 텐데 어쩜 이렇게 뽀얗지, 신기한 마음에 과일 먹기 싫다는 투정도 잊은 채 얼른 한 입을 먹었다.

'왁!' 한 번도 먹어 보지 못한 사과 맛이었다. '아! 짜! 사과가 이렇게 짤 수 있다고?' 원망스러운 눈빛으로 언니를 쳐다봤더니 언니는 천진하게 "많이 짜나? 소금물에 사과를 담가 놓으면 갈변하지 않는대. 그래서 좀 담가 놨는데 그새 짜졌나 보네. 그냥 먹어라."라고 말했다. 세상에, 투정이 이렇게 돌아오다니. 언니에게 그 자리에서 당부했다. 다시는 투정 부리지 않겠다고,

갈변되어서 사과가 갈색이 되어도 먹을 테니 소금물에 다시는 담그지 말라고.

그 사건 이후로 종종 달걀 프라이도 먹고, 묵사발도 먹었다. 언니가 아르바이트하고 가져온 햄버거를 몰래 주기도 했고, 가끔 갈변 사과도 먹었다. 언니와 이때 이야기를 하면 언니는 "그러게 왜 투정을 부려서."라고 퉁명스럽게 답한다.

먹이를 사냥하는 순간엔 논리가 필요 없다. 배부르고 정신을 차린 뒤에야 인간은 식탁에 앉아 다시 고민한다. 무상 임대해서 건강히 잘 써 왔던 몸이 이상신호를 보내고 고치는 데 한 푼 두 푼 드니, 점점 나를 잘 먹이고 잘 돌보는 방법을 얼마나 모르는지 깨닫는다. 하나 확실한 건 좋은 사람과(때론 혼자) 좋은 때에 먹는 건 가격도 장소도 상관없이 다 맛있다. 심지어 일주일을 거뜬히 버틸 힘이 된다.

오늘도 냉장고 앞을 서성이다 언니에게 '내일 저녁에 맛있는 거 먹으러 갈래?'라고 문자를 보냈다. 내일 인생의 고민 하나가 풀릴 예정이다.

## 새벽 한 시, 이불 동굴에 쌓인 비밀들

배불리 야식도 먹었겠다, 괜한 부채감에 문제집을 펴 놓고 꼬박꼬박 졸다 보면 어김없이 새벽이었다. 대학생이었던 언니는 그때쯤 술을 잔뜩 마시고 자일리톨 껌을 다섯 개씩 씹으면서 들어와서는 나에게 술 냄새가 나냐며 코앞에 숨을 '후— 후' 불어 확인했다. 한참 예민한 시기에 공부한답시고 깨어 있는 사람에겐 상당히 짜증 나는 일이었다. 하지만 언니만 나를 괴롭힌 건 아니다.

언니와 나는 네 살 터울이라 초등학교 2년 이외엔 모두 다른 급의 학교에 다녔는데 내가 중학생이면 언니는 고등학생, 내가 고등학생이면 언니는 대학생, 내가 대학생이면 언니는 사회인이었다. 지금은 같이 사회생활을 하니 생활 패턴이 똑같지만 그땐 차이가 컸다. 언니가 고등학교를, 내가 중학교에 다닐 때까지 같은 방을 썼고, 언니가 고등학교에 다니는 3년 동안은 언니보다 내가 일찍 잠들었다.

문제는 내가 코를 곤다는 것. 지금도 머리만 대면 잠들고, 잠이 들자마자 밥솥 같은 코를 곤다. 한번은 가위에 눌린 적이 있었는데 그렇게 숨찬 경험은 처음이라 무용담을 여기저기 얘기하고 다녔고 괴담에서나 가위눌린 썰을 들은 친구들은 무서워하면서 듣곤 했다. 며칠 지나지 않아 집에서 저녁을 먹다가 가족들에게 이 얘기를 전했더니 언니가 살벌한 얼굴로 나를 보면서 "그거 가위 아닐걸?" 하는 게 아닌가. 알고 보니 공부하는 동안 내 코골이에 고통받던 언니가 나를 흔들어 깨워도 소용이 없었단다. 참다못해 내 코를 막아서 잠시 숨이 고르지 않았던 찰나를 나는 가위라고 생각했던 거다. 그 와중에도 잠에 대한 의지 하나로 눈은 꼭 감고 있어서 언니의 소행인지를 몰랐다.

누군가와 같은 방을 써 본 사람은 알겠지만 정말이지 내가 코를 골고, 늦게까지 공부를 해도, 친구와 전화로 밤새 수다를 떨어도 괜찮은 공간을 갖기가 어렵다. 심지어 너무 답답한 날엔 화장실에 숨어 있기도 했다. 변비를 걱정한 가족들이 나오라고 하면 울며 겨자 먹는 심정으로 나와야 했다. 그럴 땐 새벽에 불 꺼진 컴컴한 이불 속이 유일하게 누구도 방해할 수 없는 공간이었다. 무슨 생각을 하든, 어떤 표정을 짓든, 불빛이 나든 말든, 자든 말든 이불 속에선 내 맘대로 누워서 시간을 보낼 수 있었다.

문제집을 덮고 불을 끄고 누우면 그때부터 모든 의무감에서 벗어난 나만의 시간이 시작된다. 이대로 잘 수 없다며 컴컴한 이불 속에서 뒤척거리다 휴대폰을 열어 친구들과 주고받았던 문자를 읽고 또 읽었다. 다시 읽으면 새롭게 읽히는 단어도 있었고 놓친 문장도 있었다. 요즘은 하고 싶은 말을 다 끊어서 생각의 속도 그대로 보내지만, 그땐 한 달에 보낼 수 있는 문자 개수가 정해져 있었고 문자 하나도 80바이트, 그러니까 한글 40자 안에 욱여넣어야 했다.

그러다 보니 어떻게 말을 줄이면서도 의미는 많이 전할지 고민했고, 단어도 이모티콘도 신중하게 골라 보냈다. 특히 중요한 문자를 따로 저장해 둔 보관함은 새벽 시간을 보내는 단골 폴더였다. 언젠가 써먹으려고 모아 둔 이모티콘 가득한 기발한 생일 축하, 엄마 아빠의 응원, 친구 협박용으로 남겨 놓은 증거, 좋아하는 사람이 보낸 문자가 있었다. 일반 문자함 용량은 100개로 좀 더 많았지만 용량이 다 차면 오래된 문자부터 자동으로 지워졌다. 깜빡하고 보관하고 싶었던 문자를 잃은 날엔 그렇게 아쉬웠다. 좁은 이불 동굴 안에서 긴장을 풀고 비밀스러운 메시지들을 정리하고 나서야 개운하게 잠이 들었다.

지금도 문자 대신 인스타 글을 보면서, 저장된 메시지 대신

잠 못 드는 친구와 카톡 하면서 잠들기 전 시간을 보낸다. 비밀 이야기는 더 이상 폴더에 머무르진 않지만 저마다의 자리에 여전히 머무른다. 저절로 없어지기도 했고 아직도 비밀인 것도 있다. 비밀이 태어나고 존재하는 시간을 가득히 보내고 나면 다시 내일이 온다.

## 아침 일곱 시, 다시 밤을 향해 서두를 시간

눈곱을 떼고, 머리를 겨우 감고, 이를 닦으며 시작한다. 덜 깬 잠, 둔한 몸은 쉽게 움직여 주지 않고 결국 나를 못 이겨 짜증을 내며 밍기적거리다 시계를 보고 정신없이 집을 나선다. 버스를 타고 정류장에 내려 가방을 메고 산을 오르고 0교시부터 쉼 없이 8교시까지 끝나면 저녁을 먹으며 밤이 시작된다. 온종일 낯선 일들이 잔뜩 일어난 뒤 해가 진 밤은 유일하게 느슨해질 수 있는 시간이었다. 서투르고 느슨해져도 괜찮은, 안전하고 편안한 시간과 공간을 쟁취하려고 부단히도 애썼다.

지금의 나는 '내 이야기가 책이 되는 12-19세 청소년을 위한 라이브러리'에서 공간을 만들고 운영하는 매니저로 일하며 매일 청소년을 만난다. 여기서만큼은 숙제로 의무감에 쓰는 글이 아닌 내가 좋아하는 관심사를 따라가다 만나는 나만의 이야기를 마음껏 꺼내고 원하는 모양의 책으로 엮어 볼 수 있다. 어느 날, LP나 필름 카메라와 같이 아날로그 취향을 기르며 생긴 노하우를 담은 책을 쓰던 10대 작가와 대화하다 문득 이 글의 시작이 된 문장을 만났다.

"제약이 많아서 취향이 생겨요. 용돈은 항상 부족하고 취향에 맞는 건 늘 비싸요. 수중에 있는 2천 원으로 선택해 내야만 하니까 더 치열하게 고르게 되더라고요. 그래서 어쩔 수 없이 취향이 다듬어지고 뾰족해질 수밖에 없는 것 같아요. 물론 돈 많은 사람들에겐 필요 없는 노하우와 간절함을 배로 얻게 되죠."

나만의 시간을 온전히 보낼 공간이 갖고 싶었지만 집, 학교, 학원이 전부였던 그때의 나에게 새로운 곳이란 돌아서 걸어간 골목, 일주일에 한 번 가는 성당, 친구랑 공부하러 가는 독서실, 근처의 분식집 정도였다. 그 와중에도 매일 다른 골목을 선택해서 돌아가고, 성당 마당에서 매번 다른 놀이를 하고, 김밥천국의 수십 가지 메뉴 중 용돈 안에서 먹을 수 있는 좋아하는 음식을 고심해서 골랐다.

모든 것이 풍요로워서 생기는 안목이나 감각도 있겠지만, 오히려 가진 것이 적어서 그 안에서 최선의 선택을 하려는 내 노력들이 모여 취향이 되었다. 내게 꼭 맞고, 조금이나마 편하고 안전한, 몰입할 수 있는 시간과 공간을 쟁취하려던 그때의 시도 덕분에 지금의 나는 각자의 세계가 시작되고 자라는 집과 학교 이외의 '제3의 공간'을 만드는 일을 한다. 타인의 요구나 세상의 기준에서 좋은 게 아닌 내 관심사를 쭉 따라갈 수 있는 곳. 그러다 보면 마주하는 어려움에 서툴러도 괜찮다고 말해주는 곳. 모든 것이 낯선 탐색의 순간에 내딛는 첫 시도를 응원하는 마음으로 매일 라이브러리의 문을 열고 가꾼다.

사지 않아도, 애써 찾지 않아도 일상에서 나의 모습 그대로 시간을 보낼 수 있는 공간이 일상과 가까운 곳에 더 많아지기를 바란다. 그 시간이 내게는 언제나 밤이었고, 라이브러리도 어쩐지 밤을 닮았다. 10대의 어느 시점에 차곡히 포개질 이 공간에서의 시간은 이후에 어디에서 어떤 모양으로 쌓여 갈까?

# 밤, 라디오를 듣는 밤

(

어두운 밤에 혼자 있어도 라디오를 틀어 두면 무섭지 않았다. 시간이 되어 라디오가 끝나면 휑하고 무서운 마음마저 들었다. 줄지어 이어지는 채널을 듣다가 잠든 날엔 경쾌한 아침 라디오 진행자의 달라진 목소리와 선곡에 깨는 날도 있었다.

시간마다 진행자의 목소리 톤도 내용도 다르다. 그중에서도 라디오는 역시 밤에 들어야 제맛이다. 야간 자율 학습을 한참 하고 있는 시간에 라디오를 들으려면 상당한 노력이 필요했다. 요즘처럼 무선 이어폰이 있었다면 머리로 쓱 가리면 그만이었겠지만 이어폰 줄을 교복 안으로 교묘하게 숨기는 작업이 필수였다.

그렇게 라디오를 듣고 있자면 나처럼 공부 안 하고 라디오 들으면서 문자를 보내는 또래의 이야기, 듣고 싶었는데 내 휴대폰에 넣어 오지 못했던 노래가 흘러나오기도 했다. 아무도 모르게 사연을 문자로 보내고 내 번호 뒷자리가 불리면 그렇게 기뻤다. 같이 듣는 친구들은 네 번호 아니냐며 같이 놀라며 호들갑을 떨었다. 문자가 읽히면 선물을 줄 때도 있어서 꽤 야망을 품고 전략적으로 써서 보내기도 했는데 그런 문자는 당최 뽑히질 않았다. 오히려 힘을 쭉 빼고 넋두리하듯 보낸 문자들은 신청곡도 채 넣지 않았는데 읽히곤 했다.

하루를 보고하듯 친구와 싸우거나, 공부가 어려워 속상했던 마음을 문자에 써 보내면 저절로 속상함이 털어졌다. 사연이라는 이름으로 도착한 타인의 하루를 다 듣고 나면 서울에 있다는 방송국 어딘가에서 '잘 자. 오늘도 수고했어.'라고 안부를 전해 주는 사람이 라디오 속에 있었다.

# 새까만 밤하늘 짙은 푸른색

어떤 이에게 그 시간은 오렌지빛이 가득했다. 어떤 이에게는 자줏빛이었고, 어떤 이들에게는 푸른색, 짙은 바다색이었다. 노란 설렘과 아득하던 걱정, 주황빛 고독, 허기지던 그 시간까지. 우리는 서툴지만, 누구보다 예민하고 고독했던 그 시절을 같은 시간, 다른 빛깔의 밤하늘 아래에서 보내고 있었다.

문득, 내 야자 시간은 어떤 색이었을지 궁금해졌다.

조그만 머리가 터질 정도로 집어넣었던 누군가의 지식, 해석과 사진들. 그렇게 빽빽하게 집어넣었건만 정작 생생하게 기억나는 건 그 사이를 모래알처럼 채운 작고 어이없는 기억들이다. 이를테면 그 시절의 나는 장자와 노자의 차이에 대해 술술 말할 수 있었지만, 지금의 나는 장자는커녕 도가도 어버버하는 것처럼 말이다. 되레 한 시트콤의 '막방' 날 야자 시간이 뒤집어진 것만 생생하게 기억난다. 또 친구들과 처음 야자를 땡땡이 치던 날, 터질 것 같던 심장과 언덕을 뛰어 내려가면서 나도 모르는 새 비죽 삐져나온 웃음도 생생하다. 그렇게 내 야자 시간은 노랗고 짙은 연두색일 것만 같았다.

그런데 이런 들뜬 기억을 하나하나 파헤치다 보니 그 끝엔 아이러니하게도 파란빛의 차분한 기억이 날 기다리고 있었다. 남들보다 늦게 끝나는 야자 시간을 보냈고, 그보다 더 늦게 학교에서 나오던 날들이 잦았던 2년간의 고등학교 시절. 그 끝엔 밤 열 시든, 열두 시든, 매일 나를 기다리던 아빠의 짙고 푸른색의 오래된 아반떼가 있다. 학교를 빠져나오면서 집으로 가는 15분 동안 뒷좌석에 누워 곤히 들었던 단잠, 어렴풋이 귓가로 들려왔던 98.1 라디오 소리.
그때는 몰랐다.
아빠가 3년 동안 좋아하던 막걸리를 끊었다는 걸.
그때는 몰랐다.

아빠가 단 한 번도 귀찮은 티를 내지 않았다는 걸.

그때는 몰랐다.

내 야자 시간의 마무리가 아빠 차가 될 줄.

왜 살면서 미안하고 고마운 기억들은 이렇게 뒤늦게 깨닫게 되는지.


그래, 내 야자 시간은 새까만 밤하늘 아래의 짙은 푸른색이 좋을 것 같다.


2022년 가을밤,

임 나 운

# 너와 나의 야자 시간

그 오랜 밤의 이야기

---

1판 1쇄 발행　2022년 11월 15일
1판 2쇄 발행　2023년 3월 27일

지은이　　김달님 조우리 전성배 최지혜 서윤후 장한라 장도수 황혜지

그린이　　임나운
편집　　　이혜재
디자인　　MALLYBOOK 최윤선, 정효진, 이예령
제작　　　세걸음

펴낸이　　이혜재
펴낸곳　　책폴
출판등록　제2021-000034호(2021년 3월 15일)
전화　　　031-947-9390
팩스　　　0303-3447-9390
전자우편　jumping_books@naver.com

ⓒ 김달님 조우리 전성배 최지혜 서윤후 장한라 장도수 황혜지, 2022

ISBN 979-11-976267-8-4 (03810)

---

**너와 나, 작고 큰 꿈을 안고 책으로 폴짝 빠져드는 순간**
**책폴**

블로그　blog.naver.com/jumping_books
인스타그램　@jumping_books